BBULMEDIA

http://www.bbulmedia.com

BBULMEDIA

http://www.bbulmedia.com

귀환! 진유청!

귀환! 진유청!

14

빛과 그늘!

로토 신무협 장편 소설

뿔미디어

목차

第一章

배신!

"어마마마!"

서희가 치맛자락을 펄럭이며 달려오자 황비가 눈가를 살포시 찡그렸다.

"공주가 체통을 지키지 않고 이리 경망스럽게 행동해서야 쓰겠느냐."

"아······."

급한 마음에 너무 서둘렀구나 싶었던 서희가 주위를 조심스레 둘러보더니 별달리 눈에 띄는 이가 없자 안도했다.

자신의 이런 모습을 들키지 않아 다행스러워하는 거다.

"하여간, 우리 공주는 언제쯤 철이 들는지. 이제 곧 혼인해야 할 나이인데 말이다."

황비가 작게 혀를 차더니만 다가가서 흐트러진 그녀의 옷매무새와 머리 단장을 고쳐줬다.

혼인이란 말이 나오자 얼굴을 발갛게 물들인 서희가 꽃잎 같은 두 장의 입술을 앙다물고 새침한 표정을 짓다가……

아차!

"그게 아니라, 정말 큰일이 있어서 그런 거예요, 어마마마!"

"큰일?"

"네! 글쎄 며칠 전에……."

종알종알 이야기를 시작하려는 딸의 얼굴을 물끄러미 바라보던 황비가 차분한 기색으로 고갤 젓는다.

"네가 하려는 얘기가 태자의 충성스러운 신하이자 친구인 두 사람이 태자궁 앞에서 크게 싸움을 했다는 소문에 관해서라면 이 어미도 이미 알고 있으니, 되었다."

"예? 알고 계셨던 거예요?"

서희의 눈동자가 커졌다.

"알다마다. 가뜩이나 가만있어도 이목을 끄는 아이들인데 우애 좋던 둘 사이에 큰소리가 났으니 떠들기 좋아하는 이들이 가만있었을 리가 없지 않느냐."

꼭 그게 아니더라도 황비는 황제의 궁을 제외하고는 궁궐 내에서 일어나는 대부분의 일을 제 손바닥 내려다보듯 잘 알고 있었으나 거기까지 서희에게 설명해 줄 필요는 없으니, 간단히 덮는다.

아무리 황비가 성품이 바르고 인자하다곤 하나 그녀도 황궁에서 살아가는 일족 중 한 명.

주위를 돌아볼 능력이 없고, 제 자신을 지킬 비수 한 자루 감춰두지 않았다면 어떻게 여인으로서 오를 수 있는 가장 지고한 위치에서 여태껏 버텨낼 수 있었겠는가.

"그런데도 어떻게 그리 아무렇지도 않으세요, 어마마마께선."

서희가 입을 삐죽 내민다.

오라비인 태자의 충신 두 사람의 사이가 틀어진 것도 문제라면 문제겠지만 그중 한 명이 서희의 마음에 곱게 담겨 있는 이경찬임에야……

거짓말을 모르는 서희가 심기의 불편함을 고스란히 얼굴에 담아내자 그 철없는 순수함에 황비가 부드럽게 웃었다.

황태자 주태민은 걱정했던 바지만 어미인 그녀에겐 그리 문제가 되지 않는 듯.

그도 그럴 것이, 주태민은 동생인 서희가 과연 이 험난한 곳에서 제 힘으로 혼자 버텨낼 수 있을까를 염려했지만 황비는 처음부터 서희를 품어줄 든든한 우산을 원했고.

결국은, 찾아냈다.

서희를 정략의 희생양으로 만들지 않고 여자로 사랑하며 공주로 존중해 줄 수 있는 완벽한 신랑감.

훗날 태자가 황제의 뒤를 이어 황위에 오르게 되면 북경 이가장에도 날개가 달릴 터. 그럼 서희는 북경 이가장의 안주인으로 공주인 지금 못지않은 호사와 더불어 궁 밖에서의 자유 또한 한껏 누리게 될 것이다.

좋은 것만 보고 살아도 될 아이에게 굳이 세상의 험함을 알려줄 필요가 있을까?

몰라도 될 건 알게 하고 싶지 않은 게 부모의 마음.

황비의 자리에 욕심이 났던 게 아니라 한 남자의 부인 자리를 절실히 탐해서 이 자리에 앉게 된 그녀였기에 자식에 관해서도 그러했으니.

핏줄이 제 입지를 강하게 해줄 도구로 쓰이는 황궁이라고 해도, 황비에게는 자식을 과하게 사랑하는 어미의 자리가 먼저였다.

하나 그와는 별개로…… 황비는 서희 공주에게 어미로서 딸에게, 혹은 여자 대 여자로서 해주고 싶은 조언이 있었으니.

"가만 안 있으면 어쩔까. 이 어미가 가서 왜 싸웠냐고 물은 뒤 부마가 될 자의 행동이 이리 경솔해서야 쓰겠냐며 다시는 서희를 걱정시키지 말라 한소리 해주기라도 할까?"

"어마마마!"

서희가 놀라 어머니를 부른다.

자신은 그저, 그저…….

새빨갛게 달아오른 얼굴의 서희가 입술을 오물거리며 뒤이어 할 말을 찾자 황비가 딸과 눈을 맞췄다.

"그것 보아라. 알아도 할 수 있는 게 없다면, 그냥 신경 쓰지 않고 놓아두는 편이 낫지 않겠느냐? 아니면, 서희 네가 아는 그 아이가 아무 이유도 없이 친구와 싸움이나 하는 그런 녀석이더냐?"

"아니요! 이 공자는 절대 그럴 사람이 아니에요!"

만약 싸움이 일어날 소지가 있었다면 그건 전적으로 견성 나채환, 그의 탓일 터.

서희가 단단히 이경찬의 편을 들었다.

마음속 정인이라서가 아니라 그게 진실이고, 그럴 가능성이 가장 컸기에 더 확신에 찬 어조였다.

"그렇다니 됐구나. 너는 그 둘의 다툼에 대해선 모르는 척 있다가 나중에 경찬이를 보게 되면 말없이 웃어 주어라. 괜히 심사가 복잡한 이 앞에서 너까지 성질부리지 말고."

서희는 공주로서 황비와 태자의 총애를 받는 자기 자신에 대한 자부심이 큰 데다 저만 보면 쩔쩔 매는 경찬으로 인해 배려가 항상 부족한 상태.

지금까지야 경찬이 대부분 져주고 맞춰주었지만, 사람인 이상 매사 그럴 수는 없을 터. 가끔은 넘쳐흐를 때가 있는 건 당연했다.

　한데 황비가 보기에 서희라면, 경찬을 걱정하는 세 감정에 빠져 정작 경찬을 위한 게 어떤 건지 생각하기 전에 걱정한 자기는 생각도 안하냐며 제 기분풀이를 하려 들지도 모른다고 여긴 것이다.

　"어마마마도, 참! 저 안 그래요."

　서희가 고개를 휘휘 저으며 배시시 웃자 황비가 한숨을 내쉰다.

　정곡을 찔렸다는 듯이 콧잔등을 찡그리는 게 속이 훤히 들여다보였던 거다.

　요 어린것을 어찌 궁 밖으로 내보낼 수 있을지.

　황비는 딸의 가녀린 몸을 두 팔로 끌어안은 다음 나지막이 소곤거렸다.

　"그 아이에게 더욱 사랑받고 싶으냐?"

　다른 때와 다른 어머니의 진지한 물음에, 경찬에 대한 제 감정이 수줍어 일부러 새침하게 반대로 얘기하며 안 그런 척해 왔던 서희 공주가 조금 고민하다가 솔직해지기로 했다.

　"……네."

　"그럼 현명한 여인이 돼야 한다."

공주를 위한 든든한 방패이자 태자의 검이 돼 오른쪽에 설 이경찬의 앞날이 찬란할 것임에야 두말이 필요 없겠지만 세상사 다 그렇듯 얻는 게 있으면 잃는 게 있는 법.

이익을 쫓아 쉬이 움직이는 아이가 아닌데도 불구하고 정작 중요히 여기는 건 잃고 손쉽게 가질 수 있는 건 권력과 재물뿐이라면…… 점점 지쳐 가겠지.

황비가 걱정하는 바다.

"어떻게 해야 될 수 있는 건데요?"

서희가 고개를 갸웃거리며 어머니에게 물었다.

현명하다는 건, 똑똑하거나 힘이 강한 것과는 다르지 않은가.

"현명한 여인은 내 남자의 모든 걸 다 알고 조언해 줄 수 있는 능력을 가진 이가 아니라 알아야 할 것과 몰라도 될 것을 잘 구분해 내어 언제라도 사내가 돌아와 쉴 수 있는 여유를 만들어줄 줄 아는 여인이다."

황비는 그렇게 하여 황제의 곁을 얻었다.

그녀가 황비가 된 건 순전히 본인의 능력이었지만 황제가 그녀를 허락해 그녀로 하여금 후대를 잇게 한 건 다른 여인들과는 달리 번거로운 일을 만들지 않았기 때문인 것이다.

"어마마마, 너무 어려워요."

아직 어린 서희에겐 무리인가 싶지만, 기억해 두면 언

젠간 쓸모가 있겠지.

"그 아이를 잘 지켜보다가 평소와 다른 행동을 하면 왜 그러냐고 채근하며 묻는 대신 조금 기다려 주어라. 아마 그 아이가 스스로를 추스르고 나면 먼저 네게 다가갈 것이니. 서희 너는 그 정도로 충분할 게다."

황비 자신과 달리, 서희는 허락을 받는 게 아니라 사랑을 하고 있으니까.

"그거면 될까요?"

"네 생각처럼 쉬운 일은 아닐 게다."

태자인 주태민과 비교할 수야 없겠지만, 서희도 참는 데는 소질이 없었다.

"알아요, 하지만 저…… 노력할 거예요."

서희가 눈을 또렷이 빛내며 대답했다.

"그래. 원하는 게 있다면 응당 얻기 위해 노력하고 잃지 않기 위해 안간힘을 써야 함이 옳다. 사람의 마음은 지체 높은 신분이나 미모로 좌지우지할 수 있는 게 아니니, 더욱."

물론 황비의 방법이 이경찬에게도 통하리란 보장은 없다. 둘은 완전히 다른 사람이니까.

하나 신분이 높고 세상을 바꿀 수 있을 만큼 큰 자리에 있는 사내들은 세찬 풍파를 이기고 앞으로 나아가야 하고 혼자서 해야 할 결정이 많지 않나.

하니 사내를 쉴 수 있게 해주란 황비의 가르침은 북경 세도가 출신으로 저와 비슷하거나 더 상위 계층의 사내를 남편으로 맞이하게 될 게 분명했던 그녀를 위해 해주었던 그녀 어머니의 당부에 본인의 경험이 녹아든 채로 서희 공주에게 전해진 거라 할 수 있었다.

"명심할게요, 어마마마."

어머니와의 대화가 자신이 이제 소녀가 아닌 여인이 됐음을 알려주는 거 같아 마음이 시렸다.

마치 곧 궁을 떠나야 할 사람이 된 거 같지 않은가?

그게 사실이기도 했고.

"이 어미의 바람은 언제나 네가 행복해지는 것이란다. 다른 건 없다."

어머니의 따스함에 서희의 눈가가 젖어든다.

비정한 황궁 안에서 평범한 어머니가 돼 자식을 기르는 건 쉽지 않았으리라. 한데도 그녀는 그리했고, 그래서 서희는 어머니에게 너무나 감사했다.

어머니와 오라버니가 감싸주지 않았다면 서희는 이미 정략혼에 희생당했거나, 공주를 빌미 삼아 정사에 끼어들려는 부마의 가문을 경계해 아예 힘없는 곳으로 떠밀 듯 시집보내져 시들어간 뭇 공주들과 같은 인생을 살아야 했을지도 몰랐다.

"전 지금도 행복해요, 어마마마. 어마마마와 오라버니

가 있어 황궁은 제게 언제나 즐거운 곳인 걸요?"

여기는 공주의 소중한 집이다.

남들에게 있어선 괴물이 사는 두려운 장소이자 천하에서 가장 휘황찬란하고 진귀한 것들이 모여 있는 대단한 곳이라 해도.

서희에게 있어선 나고 자란 고향, 거기에 있어선 아무리 공주라 해도 뜻이 다를 리 없었다.

"그래, 그렇구나."

황비의 얼굴에 미소가 어린다.

빨리 시집보내야겠다.

서희의 맑음이 변하기 전에. 아무것도 모르는 채로.

황비가 품에 안긴 딸의 뺨에 제 볼을 갖다대며 지그시 눈을 내리감았다.

"이상한 일이구나."

황태자 주태민이 흰 종이 위에 검은 글자를 잔뜩 써 내려가다 갑자기 손을 멈췄다.

"무슨 일인데 그러십니까?"

이경찬이 의아한 듯 묻자 그가 대답했다.

"서희 말이다. 고 녀석이 왜 아직도 안 오고 있을까?"

"……별 게 다 이상하십니다."

"이상하지, 당연히. 황궁에서 견성의 목줄을 잡아끌 수 있는 얼마 안 되는 사람이 형부상서와 넌데. 네가 채환이에게 두들겨 맞아 얼굴이 얼룩덜룩해졌다는 소문을 들었다면 서희가 당장 뛰어오고도 남지 않았겠느냐."

"그, 그런 소문이 돌았습니까?"

저도 모르게 손을 약간 부어 오른 눈가로 가져간 이경찬이 인상을 찌푸리며 묻는다.

"아니. 정확히는……."

"됐습니다. 그냥 거기까지만 알도록 하겠습니다."

저도 모르는 새 퍼진 소문이 얼마나 무시무시할지 감도 잡히지 않았던 이경찬이 황급히 주태민의 말을 잘랐다.

"무엄하도다."

주태민이 눈을 가늘게 뜬 채 노려보자 이경찬이 어색하게 웃으며 고개를 옆으로 돌려 그를 외면했다.

좀 유들거리는 성격이었다면 양어깨를 한 번 으쓱거려 보인 뒤 모르는 척 다른 얘기로 넘어갔겠지만 이경찬에게 그런 주변머리가 있을 턱이 있나.

사실 주태민의 성격으로 보건데 제 마음에 들지 않는 짓을 한 놈이 어설프게 쾌활한 척 느물댔다간 당장 몇 배로 혹독한 질책을 퍼부을 게 분명했으니. 어찌 보면 참 상성이 잘 맞는 두 사람이라고도 할 수 있겠지마는…….

상황이 상황인 만큼 대화가 끊긴 정적의 무게가 잔인할 정도다.

이경찬의 안색이 눈에 띄게 나빴다.

"언제까지 그리 기운 빠져 있을 참이냐?"

더는 놀려먹을 기분도 들지 않았는지 약간 언짢은 기색을 섞어 툭 던진 주태민의 목소리에 이경찬이 휘휘 고갤 저었다.

"그렇지 않습니다, 태자 전하."

"혹시 후회하나?"

"절대, 아닙니다."

수그러지던 고개를 번쩍 든 이경찬이 곧은 시선으로 황태자의 눈빛을 피하지 않고 받아치며 대답했다.

진심이다.

"알았으니 나가봐라. 난 폐하께서 시키신 일을 마저 해야겠구나."

그날 밤 이후 황제는 황태자에게 연이 상단주가 가졌던 권한 중 일부를 나눠주었다.

넋을 놓은 듯 기력을 잃은 환성을 대신해 상황을 정리할 이가 필요했던 거다.

서경왕 주익을 살려두었다면 좋았을 것을, 이라고 나직하게 혼잣말을 하는 황제를 본 황태자는 그가 제 마지막 형제를 스스로 죽인 일에 대해 갖은 감흥이 고작 그 정도일 뿐이란 것에 허무하게 웃었다.

저가 갖게 된 슬픔과 원망이 황제 앞에선 먼지 한 점보다 못한 심력 소모일 뿐으로 아무런 가치도 없다는 게 뼈저리게 느껴진 탓.

그래서 황태자는 이 기회를 놓칠 수 없었다.

자신이 갖은 걸 최대한 활용하리라.

황태자가 붓을 쥔 손에 다시 힘을 주어 먹물을 담뿍 머금은 뒤 흰 종이 위의 글자를 마저 써 내려가자 이경찬이 조용히 머릴 숙여 보인 다음 밖으로 나갔다.

이경찬 자신도 해야 할 일이 있었다.

한데 지금껏 몰랐는데, 저를 스쳐 지나는 이들의 얼굴이 심상찮다.

다들 은근한 눈으로 이경찬의 얼굴을 훑는 게 느껴졌다.

아무래도 태자 전하가 얘기했던 예의 그 소문, 때문인 듯.

자신이 딴 데 정신을 팔고 있긴 했었나 보다. 저런 노골적인 기운을 눈치채지 못하고 있었던 걸로 봐선.

"차라리 진짜로 한 대 시원하게 맞았으면 좋았을 걸."

한 글자 한 글자마다 스며 있는 깊은 한숨이 낙엽처럼 우수수 떨어져 내린다.

바닥을 잔뜩 가리고 있는 안타까운 숨결을 한 장 한 장 밟으며 이경찬이 외딴곳에 있는 별궁으로 향했다.

원래는 선대 황제의 빈 중 한 명이 썼던 곳이지만 그녀가 병으로 죽은 이후론 불길한 곳이 돼 비어 있은 지 오래.

찬 기운과 먼지만 맴돌던 별궁에 사람 소리가 퍼지기 시작한 건 며칠 되지 않은 일.

황태자는 기절한 채 깨어나지 않은 진유청을 이곳으로 보냈고, 한바탕 소란을 일으켰던 나채환으로 하여금 그를 보호하게 했다.

"어? 이 공자님께서 여긴 어쩐 일로……."

윤수일이 별궁으로 다가오는 이경찬을 보고 인사를 건네며 눈짓을 보냈다.

안에 나채환이 있다는 뜻인 듯.

"유청이를 보러 왔습니다."

이경찬이 못 본 척하고 제 할 말을 했다.

"그러십니까? 안으로 드시지요."

윤수일은 자신이 주제를 넘어선 건 이만큼으로도 충분하다 여겼기에 고개를 끄덕이고는 안내를 시작했다.

뒤를 따르는 이경찬의 기색을 조심스레 살핀 윤수일의 머릿속에 그날의 기억이 떠올랐다.

처음 나채환을 감금하라 했을 땐 대체 무슨 일인가 싶었다가 도주한 나채환이 태자궁 앞에서 이경찬과 다퉜을 때 전후 사정을 파악하게 된 초린대 대원들은 당황했다.

그간 진유청에게 받은 도움이 얼마나 컸는지 모르는 이가 없었으니까.

하나 어쩌겠나.

주인인 황태자의 명이니 자신들의 목숨보다 최우선돼야 할 게 바로 그것.

결국은 나채환도 이미 유청이 정신을 잃었단 이경찬의 이야기에 난동 부리길 멈추고 입을 다물었다.

황태자는 그런 나채환이 탐탁지 않았지만 그렇다고 벌을 내리진 않았다.

최측근 심복 중 한 명인 나채환이 제 명령에 불복했다는 건 자존심 상했으나 그걸 문제로 삼기엔 상황이 좋지 못했던 것이다.

초린대의 은인과 같은 진유청에게 위해를 가하는 일인 데다 잡음이 나온 자체가 스스로의 역량이 아직 부족하다는 증거 아니겠나.

주태민은 벌을 내림에 있어 추상같은 이였으나 문제의 주체를 호도하거나 제 실책을 남에게 미루는 이는 아니었다.

물론 별궁행을 명받은 나채환이 좌천된 줄 알고 초린대 대원들이 그를 용서해 달라 계속해서 청을 넣었을 때는 정말 화가 나서 감옥에 처넣을 뻔했지만 말이다.

"어디 있었던 겁니까? 별진무께서 찾……."

손정우가 별궁의 처소 안쪽에서 걸어 나오며 윤수일을 향해 말하다 말고 조금씩 목소리가 잦아든다.

옆에 선 이경찬의 존재 때문인 듯.

심부름하는 나인인가 싶었는데 너무 기운이 청아해 혹시나 했더니만, 역시나.

손정우가 머릴 긁적였다.

일전에 윤수일이 태자 전하께서 화를 내신 후 나가라고 하셨던 시점에 얼른 손을 들어 나채환을 돕는 임무를 맡겨 달라고 하는 걸 보고 깜짝 놀랐었는데.

어디서건 눈치 빠른 이가 떡이라도 한 개 더 얻어먹을 수 있고 원하는 보직에 한 발 다가갈 수 있는 거 아니겠나?

꽉 틀어막힌 고지식한 윤수일이 어째 이런 쪽으론 머리가 잘 돌아간다 싶어 덩달아 합류하게 된 손정우는 아주 많이 신기했다.

하지만, 역시.

그런 것들과는 별개로 현실 생활 속의 감각은 여전히 많이 떨어지는 거 같다.

대체 저분을 모셔 오시면 어쩝니까?

무슨 핑계든 대서 돌려보냈어야지요!

손정우의 표정만 봐도 윤수일은 그가 하려는 얘기를 알 거 같았다.

"제가 모르는 척 밀고 들어온 겁니다."

그러니 당연히, 옆에 선 이경찬도 읽을 수 있었다.

의도하지 않은 곳에서 돌아온 대답에 화들짝 놀란 손정우가 얼른 옆으로 비켜나 길을 터주려는 데, 새로운 장애물이 등장했다.

"뭐야?"

싸늘한 바람이 쌩쌩 부는 나채환이다.

이경찬은 나채환의 어깨 너머로 열렸다 닫힌 방문을 물끄러미 바라본다.

유청이 누워 있는 방까지 가려면 얼마나 먼 건지.

발자국으론 몇 개 되지 않는데 마음의 거리로는 그 사이에 바다라도 놓인 듯싶다.

근데 왜 그게 다행으로 느껴지는 걸까?

"유청이 깨어났나 싶어서."

"아직."

나채환의 대답 이후 정적이 감돈다.

윤수일과 손정우는 눈치를 보다 슬금슬금 물러나 사라진 뒤.

"넌 어떠냐. 있을 만해? 이가장에 한 번 들러봐라. 아버님께서 네가 오지 않는다고 걱정하신다."

"내가 아니라 널 걱정하셔야 할 텐데. 어르신께서 네가 한 짓에 대해 아시긴 하시냐?"

"아직."

의외로, 흔들리지 않는 담담한 어조에 나채환의 시선이 복잡해진다.

"너……."

어떻게 이 녀석이 그런 짓을 하게 됐을까?

아니, 할 수 있었을까?

나채환 자신이 북경을 떠나 있는 동안 대체 이곳에선 무슨 일이 있었기에……

"채환이 너랑 안 어울려."

"뭐가?"

"참는 거."

이경찬이 검지를 뻗어, 가늘게 떨리는 채환의 눈가를 지그시 누른다.

아마 이경찬 자신이 아닌 다른 이가 눈앞에 서 있었다면 입을 여는 대신 주먹부터 휘둘렀을 이가 바로 나채환이다.

저번에도 그랬다.

채환이는 손가락을 세차게 말아 쥐었지만 끝까지 들어 올리진 않았다.

그렇게 화가 났으면서도…… 제 팔을 덥석 잡았다가 뿌리치는 힘에 놀라 발이 꼬여 넘어졌던 이경찬을 조심스레 일으켜 세워준 뒤 눈가에 난 상처를 봐주기까지 했던 것이다.

다른 이들에겐 베풀어지는 일이 극히 드문 채환의 배려가 경찬에겐 유독 후했다.

물론, 그게 자신의 아버지 때문이란 걸 알면서도 경찬은 가끔 우쭐해지곤 했다.

그렇게 자연스레 받아들였던 호의가 이렇게 가슴을 욱신거리게 할 날이 올 거라곤 생각해 본 적이 없다.

그래서일 거다.

너무 많이 아픈 것은.

이경찬의 흐릿하게 일그러지는 얼굴이 웃는 듯 우는 듯 괴로워 보인다.

어금니를 짓씹던 나채환이 한 손을 들어 올려 녀석의 팔을 움켜쥐었다.

"너야말로 안 어울려. 이런 거."

정말이다.

빛 아래 서 있어야 할 녀석이 왜 제 발로 어둠 속으로 걸어 들어간단 말인가!

나채환 자신처럼 극단적인 선택을 하고 외골수가 되는 이들은 처음부터 무언가 결핍된 채 태어나거나, 그나마 가졌던 걸 자라며 빼앗겨 생긴 박탈감이 어떤 걸로도 메울 수 없는 구덩이가 돼 살아가는 내내 다리를 걸고 자빠트리기 때문이 아닌가?

그나마 나채환이 그 악순환의 고리에서 벗어날 수 있었던 건 운 좋게도 유청이를 만났기 때문이다.

있었던 일이 없었던 게 될 수는 없지만 상처를 핑계로 삼지 않고 앞으로 나아가다 보면…… 구덩이 위를 건너게 해줄, 나만의 작은 위로를 얻게 될 수도 있다는 걸 알려준 것.

이곳과 저곳을 연결해 주는 다리이자, 통로로.

한데, 경찬이는 아니지 않나.

나채환의 입장에서 녀석은 정말 다 가졌다.

주위 환경은 물론이오, 그걸 받아들여 성장한 경찬이 본인 또한 흠잡을 데가 없었으니.

무엇보다 경찬이는 어르신의 하나뿐인 아들이 아닌가.

채환은 죽었다 깨어나도, 아버지라 부를 수 없는 그분을 아버지라 부르는 게 당연한 위치였기에 더욱…….

안 된다.

제발, 그러지 마라. 그러니까…….

"지금이라도 멈춰."

잠시의 침묵 뒤로 이어진 나채환의 목소리가 무겁다.

하지만 경찬에게서 되돌아간 답은 더욱 그러했으니.

"미안."

여전히 곧고, 아직도 변함없이 맑은 눈빛으로 저를 보며 대답한 이경찬으로 인해 나채환이 입을 꾹 다물었다.

변질되거나 퇴색되지 않은 상태 그대로 저 스스로가 선택한 길이라면, 누가 무슨 소릴 한들 들리기나 하겠나.

잠시 후.

"알았다."

생각을 정리한 나채환이 납득했다.

이경찬은 어른이 된 것이다. 그것도 자신의 아버지처럼 나쁜 어른이.

나채환에게서 피어오른 적의가 이경찬을 똑바로 쏜다.

이경찬 또한 본인이 이미 선택했음을 완전히 자각했다.

그러고도 계속 자신 없이 힘없는 모습을 보이는 건 태자 전하께도 불충한 일이요, 그런 마음가짐으로 친구를 함정에 빠트렸다는 건 유청이에게도 못할 짓이 아니겠나.

이경찬도 한 꺼풀 벗은 듯 훌훌 턴 얼굴을 했다.

이제 등을 돌리고 멀어지면 두 사람은 다시는 이전과 같이 어깨를 나란히 한 채 서 있을 수 없게 되리!

알면서도 결정했다.

두 사람의 시선이 서로를 스쳐 지나 비켜난다. 그리고 서서히 돌아섰다.

그때.

"아주 지랄을 해라."

나채환의 어깨 너머 방 안에서 흘러나온 목소리.

"유청이냐?"

나채환과 이경찬이 동시에 물었다가 서로를 향해 흐릿하게 인상을 찡그린다.

입이 딱 맞은 게 마음에 들지 않았던 모양.

콰앙!

"작작 좀 하지, 응?"

문이 벌컥 열려 벽과 부딪히며 안에서 퉁퉁 부운 얼굴 하나가 불쑥 튀어나온다.

아직 잠이 다 안 깼는지 흐릿한 초점에 눈곱이 왕창 달려 있는 눈가. 입을 쩍 벌린 채 하품을 해대며 옷 속으로 손을 넣어 이리저리 몸을 벅벅 긁는 녀석.

지금 자기가 처한 상황이 어떤 건지, 자기가 기절하기 직전 함정에 빠졌던 건 기억이나 하는 건지…….

아무 상관없다는 듯 나른함이 배어 나오는 얼굴엔 누가 제 잠을 깨웠냐고 추궁하듯 신경질이 묻어 나온다.

"억지로 재웠으면 그냥 푹 자게 놔두던가, 왜 남의 방 앞에서 쌈질이야, 쌈질은!"

언제부터 황궁 내 별궁이 지 방이 된 건진 알 수 없지만.

하나도 변하지 않아 더 반가운 얼굴, 고마운 녀석.

친구에게 배신당한 게 흰 종이와 같은 유청이에게 얼마나 큰 상처를 입히고 어떤 변색을 일으킬지 조마조마했던 녀석들이 안도한다.

"뭘 봐?"

시비 거냐?

아님 니들, 나 좋아해?

제 두 팔을 꼬아 팔짱을 낀 자세로 미간을 잔뜩 찌푸리며 묻는 모습.

그렇다.

바로, 그 진유청이었다.

第二章

수수께끼의 답!

침상 위에 가부좌를 틀고 앉은 유청이 문 앞에 우두커니 서 있는 녀석들에게 손짓을 했다.

어여쁜 아가씨들도 아니고 다 큰 사내놈들이 왜 분위기 칙칙해지게끔 문 앞을 다 가리고 서서 저러고 있데?

"흐음."

나채환이 신음을 흘리더니 이경찬을 곁눈질했다.

녀석이 들어갈지 안 들어가는지 확인부터 하려는 모양. 한데 누가 친구였던 녀석들 아니랄까 봐 하는 짓이 똑같다.

이경찬도 같은 생각을 하고 힐끔거리다 정통으로 둘의 시선이 맞부딪친 거다.

앗, 뜨거!

둘이 마주 본 자세로 일시에 동작을 멈춘다.

"하여튼……."

별짓을 다하는구나 싶었던 유청이 고개를 설레설레 흔들었다. 그리고 기다린다.

한데 이게 뭔가.

경쟁하며 재보고 있는 건지 둘 중 누구도 먼저 상대방에게서 시선을 떼고 안으로 들어오려 하질 않았던 것이다.

엉거주춤 놀란 표정으로 마주 보고 있는 모양새가 꼭 무슨……

"눈이라도 맞았냐?"

첫눈에 반한 기색이라고 해도 틀리진 않을 듯.

하나 저 녀석들이 서로의 면상을 질리도록 본 지도 벌써 제법 되지 않았던가.

아님 몰랐던 매력을 뒤늦게 발견해서 새삼 반하기라도 했다는 건가?

그러고 보니…… 아까 저 녀석들. 경찬이는 채환의 얼굴에 손을 대고 있고 채환은 녀석의 팔을 단단히 틀어잡고 있었지, 아마?

으에에에에!

"그만. 그런 거 아니다."

자신의 혼잣말을 들었을 리가 없는 나채환이 정색을 하

자 유청이 눈을 동그랗게 뜨며 되물었다.

"뭔지 알고 그래?"

"뭐든, 뭐든 간에 그건 절대 아니니 더 생각하지 마라."

나채환의 입장에선 크게 고민할 이유가 없었다.

유청이 녀석의 한쪽 입꼬리가 삐죽 솟구친 얄궂은 얼굴에 반짝거리는 눈동자를 봐라.

자세한 내용이야 알 수 없지만, 유청이 녀석이 저런 표정을 짓는 게 나채환 자신이나 이경찬에게 좋을 리 없다는 건 그간의 경험으로 확실히 습득했으니.

나채환이 팔뚝에 오슬오슬 돋아난 소름을 손바닥으로 슥 쓸어 내며 한 말에 진유청이 혀를 날름거려 입술을 할짝거렸다.

아주 아쉽다는 듯이.

반대로 나채환은 자신이 진짜 빠르고 정확한 판단을 내렸음에 안도했다.

잘못 걸렸으면 뼈도 못 추리는 건 둘째 치고 백만 년은 놀림감이 돼서 가루가 될 때까지 씹혔을 듯.

이경찬도 티는 안 냈지만 후우, 하고 작게 숨을 내쉬며 긴장을 푸는 게 느껴진다.

나채환이 한 손을 안쪽을 향해 뻗어 이경찬에게 먼저 들어가란 표시를 하자, 녀석이 얼른 고개를 끄덕였다.

틈이 만들어지면 바로 쐐기를 박을 유청을 알기에 봉쇄하는 거다.

"허어……."

방금 전까지만 해도 다신 안 볼 사이처럼 황하가 두 사람 사이를 가르고 있는 듯 행동하더니만, 뭐 저리 죽이 잘 맞는고?

허탈한 신음을 뱉어낸 유청이 됐다는 듯 손사래를 치며 말했다.

"그래, 한수한테는 내가 진심으로 사과할 참이니 더 안 보태줘도 되긴 해."

채환이 녀석도 녀석이지만 경찬이까지 유청 자신의 뒤통수를 쳤으니 이만하면 충분하다 못해 넘칠 만큼 아니겠나.

그러니 진짜 눈 맞은 거래도 그냥 넣어두렴.

너보다 이상한 놈이 사실 세상천지에 마구 널려 있었다며, 싹싹 빌어야 할 나도.

세상에 저보다 이상한 놈이 너무 많다는 사실에 당황해야 할 한수도…… 숨은 좀 돌려야 하지 않겠냐.

"뜬금없이 한수는 왜?"

채환의 물음에 유청이 그를 물끄러미 바라봤다.

채환이 너나 경찬이가 심하게 이상한 짓을 할 때마다, 한수에게 너보다 이상한 놈은 세상에 없다며 니가 제일

이상하다고 마구 구박했던 게 생각나 미안해서 그런다는 구구절절한 설명 따위.

이제 와서 내가 해줄 거 같냐, 앙?

유청은 그 대신.

"미운 놈 떡 하나 더 준다는 얘기는 그거나 먹고 떨어지라는 포기가 아니라…… 아무것도 안 하면서 미워만 하지 말고 떡이라도 주면서 목에 걸리라고 기원하라는 뜻이고, 한 발 더 나아가 떡에 설사약이라도 발라서 상황을 주체적으로 이끌라는 조언이란 거 아냐?"

경고해 줬다.

정말 그런 말이 있기는 한 건가 하는 얼굴로 미간을 찌푸린 나채환이 유청에게 되묻는다.

"……그래서?"

"그냥 그렇다고."

암, 그렇고 말고.

진유청은 별뜻 아니라는 투로 대답하며 고개를 주억거리지만 곧이곧대로 듣기엔 녀석의 지나온 과거 행적들이 참으로…… 볼썽사나운 게 많았다.

흐음.

갑자기 나채환의 머릿속이 팽팽 굴러간다.

흘러가는 상황으로 보건데, 미운 놈은 나채환 자신일 테고. 떡은, 저가 물어본 것에 대한 답이라 이거렷다.

그러니까 저거, 협박인 거지?

귀찮으니 캐지 말라는. 가뜩이나 슬금슬금 신경질이 나는 판에 자꾸 찔러대면 확 물어 버리겠다는 흉포한 의지의 표명.

저건 완전, 똥이다.

건드리면 안 된다는 걸 뻔히 알면서도 부아가 치밀어 건드렸다 더러운 꼴을 보고야 말게 하는 상황이랄까?

나채환보다 앞서 방 안으로 들어갔던 경찬이 조용히 뒤돌아보며 참으라는 듯이 작게 고개를 흔들어 보이고.

그 너머 침상에 앉아 있는 유청은 희고 예리한 송곳니를 내보이며 혀를 날름.

나채환의 인간관계에선 참으로 드물게, 때리기 보단 보호해 주는 게 어울리고 때리기 전에 한 번 더 생각하게 만드는 드문 녀석들이 한자리에 있는 거다.

가끔은 져도 괜찮다.

"몸은 괜찮으냐?"

나채환이 슬쩍 화제를 전환한 뒤 안으로 들어가 경찬의 옆에 섰다.

"뭐, 보다시피."

유청이 서 있는 두 사람을 올려다보며 양어깨를 으쓱거리더니 침상 위를 손으로 팡팡 내려쳤다.

목 아프니 앉으라는 뜻.

나채환과 이경찬이 침상 가장자리의 머리맡과 발치에 걸터앉았다.

어렸을 때라면 세 사람이 앉고도 침상이 널찍했는데 이젠 꽉 차는 기분.

대충 상황을 정리한 것 같았지만 사실, 정작 중요한 얘기는 시작도 하지 않았다는 걸 서로 알기에 분위기는 무거웠다.

특히나 저가 선택한 길에 당당해지기로 마음먹은 이경찬은 자꾸만 유청이 앞에서 툭 떨궈지려는 고개를 빳빳이 세우고 있느라 어금니를 꽉 깨문 채였으니.

한동안 이어지던 침묵을 깬 이는 유청이였다.

"쯧…… 재미없다."

녀석이 기지개를 쭉 펴며 혀를 차자 이경찬과 나채환이 움찔했다.

욕을 퍼붓거나, 비난을 쏟아낸 것도 아닌…… 그저 재미없다는 저 별거 아닌 말에 왜 마음이 아플까?

유청이 우울한 표정의 두 녀석에게 상체를 기울였다.

"근데 알잖아. 어른이 된다는 게 그런 거지. 재미없는 것도 해야만 하고, 좋아하고 아끼는 것도 더 큰 가치를 위해 포기할 수 있게 되는 거."

히죽 웃는 유청의 얼굴이 서럽다.

그래도 경찬은 사과하지 않았고, 채환은 둘 중 누구의

편도 들어줄 수 없었다.

성장이 끝났다.

순수한 소년의 시간이 막을 내리고 우리들은 완전한 어른이 된다.

그러니까……

"괜찮아. 언제까지 모여서 머릴 맞대고 골목대장 놀이를 할 수는 없는 거잖아. 채환이도 경찬이한테 너무 화내지 마라. 너도 니 입으로 그랬잖아, 네 사람들이나 다름없는 초린대인데도 그들 앞에선 말조심하라고. 그렇게 되는 거다. 각자 살아가는 곳이 달라지니 살아가는 방식이 달라지는 게 당연해. 목숨을 줄 수 있는 친구더라도 목숨보다 소중한 이를 지키기 위해선 배신할 수 있게 되는 거다."

유청은 오히려 경찬이를 다독였다.

현재를 살아가는 이들의 치열함이, 괴로운 선택이 좀 더 나은 미래를 향해 나아가는 다리임을 유청은 안다.

물론, 그렇다고 해서 친구의 배신이 아프지 않은 건 아니었다.

다른 누구도 아닌 경찬이가, 다른 누구도 아닌 황태자 주태민을 위해 진유청을 저버린 것이다.

심장이 저며지듯, 통증이 쓰렸다.

하나 최소한…… 그 심정을, 과정의 힘듦을 거치면서도

결국은 하고야 만 선택을 이해는 할 수 있다는 뜻.

유청 자신은 보이는 것보다 나이가 아주 많지 않나.

이 한 번의 배신은 경찬의 인생을 아주 크게 갈라놓을 선택이고 언제라도 녀석을 망가트릴 수 있는 도화선이니만큼 유청은 확실하게 매듭 지어줄 작정이었다.

"뭐냐, 꼭 세상 다 산 노인네처럼."

자꾸, 잊어버리는 거 같은데 너 우리랑 같은 나이다?

가끔은 너무 유치해서 눈 뜨고 봐줄 수 없는 짓을 태연자약 저지르면서 또 어떨 땐 통달해 무욕한 도인 같은 유청에게 나채환이 핀잔을 줬다.

"노인네는 무슨. 아직 꽃도 못 펴본 창창한 젊은이한테."

다른 건 몰라도 아직 술 한 잔 제대로 못 마셔보고, 어여쁜 아가씨들 보드라운 손목 한 번 못 쥐어 봤는데……

노인네 취급받을 순 없었다, 절대!

유청의 반박에 나채환이 피식 웃었다. 이번엔 경찬도 함께였다.

"하여간, 말은."

이번엔 경찬도 함께였다.

"야!"

"으응?"

공기가 한결 부드러워진 상황에 갑자기 유청이 버럭 소

릴 치자 쩌엉하고 사방이 냉각된다.

경찬이 저를 부른 유청을 움찔하여 쳐다보며 마른침을
삼켰다.

"너랑 네 주인은 진짜 간도 크다. 대체 무슨 배짱으로
나를 납치, 감금한 거냐?"

허걱!

이경찬이 저가 잘못 들은 게 아닌가 싶어 검지로 귓구
멍을 파봤다.

나쁜 새끼, 죽일 놈 혹은 경찬이 니가 그럴 줄은 몰랐
다…… 등등의 쌍욕이 너무 험해서 자신의 연약한 귀가
거른다고 걸러낸 게 전혀 다른 방향의 이야기로 재구성해
내기라도 한 걸까?

"귓구멍 다 팠으면 이제 잘 들릴 거 아니냐. 얼른 대답
해 봐. 뒷감당 어찌하려고 이런 큰일을 저질렀냐니까?"

유청이 재차 확인해 준다. 경찬이 잘못 들은 게 아니었
던 거다.

"그, 그게 말이지……."

경찬이 녀석답지 않게 말을 더듬었다.

"내가 말렸는데 소용이 없었다. 태자 전하께선 한 번
마음먹으면 절대 뒤돌아보는 일이 없으시고 그나마 잘못
을 바로 잡아드려야 할 경찬이 녀석도 넋이 나간 상태여
서."

나채환까지 보태니 이경찬으로선 머릿속이 핑핑 돌 지경.

유청이에게 약을 먹여 황궁에 가둬둔 게 큰일이 아니란게 아니라, 황태자 주제에 뭘 믿고 자기에게 해를 끼치려하냐며 큰소리를 뻥뻥 치는 유청과 거기에 동조하는 나채환이 이해가 가지 않았기 때문이다.

"경찬이 너, 이 일을 벌이기 전에 우리 아버지랑 이현형님 생각은 안 나더냐?"

유청의 물음에 이경찬이 마른침을 꿀꺽 삼켰다.

왜 안 했을까.

진가장의 두 부자가 막내인 유청이를 얼마나 끔찍하게아꼈는지 가장 잘 아는 사람들 중 하나인 이경찬이 말이다.

그렇기 때문에 이번 계획이 실행된 것이고.

"허, 참. 그치? 니가 모를 리가 없지? 그런데도 한 거야? 얘가 왜 이렇게 멍청해졌데."

경찬의 얼굴을 가만히 응시하던 유청이 윗입술을 까뒤집으며 인상을 썼다.

"두 분이 널 위해서라면 진가장이든 동심회든 버리고당장 황궁으로 달려오실 거란 거 안다. 바꿔 말하자면, 유청이 너만 손에 쥐고 있으면 그분들이 절대 함부로 행동하지 않으실 거란 뜻이기도 하고."

"흐응…… 날 잡고 있을 자신은 있나 보네?"

"채환이가 있으니까."

크게 화를 내긴 했지만 끝까지 경찬 자신을, 그리고 태자 전하의 명령을 저버리진 못하리라 여겼다.

아니, 바랐다라고 하는 게 옳을 듯.

"여어. 나채환, 너 능력 좋구나."

유청이 남의 일이라도 되는 것처럼 감탄사를 내뱉었다.

"난 못한다고 확실히 얘기했다. 믿지 않은 건 태자 전하와 경찬이 녀석이지."

나채환은 자기에 대해 정확히 파악하고 있었다.

자신은 절대 약하지 않다.

하나 진유청과는 비교할 수 없다. 진유청이 진짜 마음을 먹고 뭔가를 행하면 단순히 무력만으로 승부를 논할수 없게 되니까.

게다가 그 무력조차도 나채환이 월등히 낫다곤 할 수 없으니…… 황태자와 이경찬의 판단은 틀렸다.

나채환은 무표정한 얼굴이었지만 살짝 찌푸린 눈가가심기가 편치만은 않음을 알게 해줬다.

머쓱해진 이경찬이 설명을 덧붙였다.

"채환이가 워낙 이번 일에 강하게 반대를 하니, 그냥하는 소린가 했지. 저 녀석 실력은 황궁에서도 손꼽히는데다 초린대도 있으니까."

정 안 되면 숫자로라도 밀어붙일 요량이었던 모양.

아무래도 황궁 안에서만 있던 데다, 무인도 아니니 유청이 가진 것에 대한 보고를 받았음에도 실질적으로 그게 어느 정도인지에 대한 자각이 많이 부족했던 듯.

어쩌면 그저 믿을 수 없었던 걸지도.

태자는 물론이요, 경찬이도 유청이 특별한 아이란 건 너무나 잘 알고 있었지만 무공의 강함에 관해서라면 글쎄……

그쪽으론 딱히 두드러진 적이 없었으니 실감도 안 났겠지.

유청이 검지로 볼을 긁적인다.

사실, 이건 익숙하게 되풀이되는 광경이 아닌가?

들어도 안 믿고 보여줘도 안 믿고. 그러다 결국 큰코다친 이들이 한둘이 아니지 않았나.

거대 문파의 장로들부터 장문인까지. 수많은 이들이 진유청의 늪에 빠져 허우적댔다.

유청 본인이 만든 것도 아닌 그 구덩이에 자기들 스스로가 온갖 괴악한 것들을 처넣고는 괴로워한다.

그런 주제에 모든 원망은 유청에게 쏟아붓곤 하지.

하나 이번만큼은 경찬과 녀석의 주인이 틀렸다고만은 할 수 없었다.

아마도 유청 자신을 잡을 수 있는 건 세상에 없을 거다.

하늘조차 유청을 잡을 수 없었으니. 대관절 무엇이 녀석을 가로막고 녀석의 발목을 잡아챌 수 있을까?

그렇지만, 사람은 가능했다.

강자나 현자를 가리키는 게 아닌 유청을 아끼고 사랑해 주는 그의 사람들 말이다.

그들이 가진 정(情)은 언제나 유청을 세상으로 인도하고 발을 흙바닥에 딛게 해 앞으로 걸어가게 만들었다.

얄미운 녀석.

따악!

유청이 이경찬의 머리를 콱 쥐어박았다.

자신을 빤히 알면서도 사람으로 족쇄를 채우려 한 게 아니라, 사람이 가진 힘으로 자신을 억누르려 했다는 게 심통이 난 거다.

끄응, 하고 신음을 흘리며 머릴 두 손으로 쥐어 싸맨 이경찬이지만 차마 화는 내지 못하고 속으로 앓는다.

미안해하지 않기로 했지만, 저도 제가 잘못한 걸 왜 모르겠나.

그런 이경찬을 흘겨보던 진유청이 단도직입적으로 물었다.

"이거, 황제 폐하는 아시냐?"

"황궁 내에서 벌어지는 일을 어찌 그분께서 모르실까. 다는 아니더라도 태자 전하께서 직접 보고도 하셨을 거다."

이경찬의 대답에 진유청이 한숨을 푹 내쉬었다.

이 녀석들은 지들이 포악한 용의 아가리 속에 머릴 들이밀고 있다는 걸 알고는 있는 건가?

여섯 개의 손가락을 가진 귀신이자, 무림에 불귀곡 장보도를 푼 장본인이 황제라는 사실이 가진 의미를 말이다.

유청은 진심으로 허락만 한다면 당장 이청강의 이가장은 물론 경찬이와 채환이까지 꽁꽁 싸매서 무림맹이든 하남 진가장이든 황궁만 아니라면 어디로든 데려가고 싶을 지경이었다.

황제란 사람을 생각하는 걸로도 소름이 돋았다.

유청의 눈가가 가늘게 떨리자 이경찬이 조심스레 말했다.

"유청이 너…… 역시 넌, 봤구나."

녀석이 어떤 뜻으로 봤다라고 표현하는지는 알 수 없지만 비슷한 의미로 유청이 고갤 끄덕였다.

"그 앞에선 매사에 조심하고 절대 속을 내비치지 마라. 방심하는 순간, 잡아 뜯긴다."

송곳니에 덥석 물리자마자 그대로 비틀려 찢겨지게 될 터.

유청이 신신당부했다.

생각해 봐라.

황제가 태자였던 어린 시절 혼자 지내는 시간이 많아 수수께끼를 만들고 푸는 걸 좋아한다 하지 않았나.

그러다 나중엔 저가 원하는 답이 나오는 수수께끼를 만들게 했을 테고 그걸로 불귀곡 장보도를 만들 근간으로 삼았겠지.

과연 그게 몇 살 때부터였을까?

황제는 대체 언제부터 이 거대한 계획을 준비한 것인가.

"그렇게 심각해?"

나채환은 유청의 얼굴이 저만치나 굳어지는 걸 본 적이 있나 되짚어 봤는데 바로 떠오르는 기억이 없었다.

유청이는 화나면 한쪽 입꼬리를 치켜 올리며 눈을 사납게 빛내고, 신경질이 나면 눈을 가늘게 뜨고 콧잔등을 주름을 잡았지.

저렇게 싸늘한 얼굴로 누군가를 향해 적의를 표하는 건 보질 못했다.

"응. 아주, 아주 많이."

유청은 주저 않고 대답했다.

과연 괴물은 만들어지는 것인지, 타고나는 것인지…… 이 경우엔 고민할 필요가 없을 듯.

둘 다 포함되고, 그래서 더 강력한 최악의 괴물이 완성됐으니까.

황제, 주찬성.

무림은 물론 천하를 뒤흔드는 어둠 뒤편에 숨어 있던 보이지 않는 손의 정체!

가장 지고한 위치에 있으면서도 만족하지 못하고 세상을 제 뜻대로 주무르기 위해 피 보기를 주저하지 않는 난폭한 야수.

그는 정말이지 진유청을 질리게 만들 만큼 끔찍했다.

당연한 일이다.

녀석의 이전 생애에서 가장 큰 굴곡이라 할 수 있었던 진가장 혈사와 불귀곡 혈겁의 배후를 파고 또 파 들어가면 결국은 현 황제 주찬성과 연관이 된다는 건데…… 어찌 그렇지 않을 수가 있을까?

"어디까지 본 거야?"

이경찬이 유청의 눈치를 살핀다.

황제와 황태자 가장 가까이서 상황을 지켜본 이경찬이지만, 왠지 그는 유청이야말로 자신보다 진실에 가까이 닿아 있을 거 같단 막연한 예감이 들었다.

침중한 얼굴의 유청이 이경찬을 직시하며 입을 열었다.

"무림말살대계(武林抹殺大計)."

이경찬의 얼굴이 하얗게 질리다 못해 파래졌다.

"넌, 알고 있었나?"

나채환의 시선이 유청이 아닌 경찬에게로 향했지만 이내 원래의 위치로 돌아왔다.

　입을 쩍 벌린 채 꺽꺽거리고 있는 경찬의 상황으로 보건 데 정상적인 대화를 나누기 어려워 보였던 탓이다.

　아무래도 경찬도 거기까지는 몰랐던 이야기인 듯.

　"확실한 거냐?"

　나채환이 유청에게 묻자 유청이 차분하게 고개를 끄덕였다.

　과거와 현재의 모든 걸 통틀어 앞뒤를 맞춘 뒤 나온 답이었다.

　"젠장……."

　얼굴이 와락 일그러진 나채환이 작게 욕설을 뱉어냈다.

　무림말살대계라니, 이게 무슨 헛소리란 말인가.

　주체였던 연이 상단주는 쏙 빠져나갔지만 그가 일으켰던 사달의 후폭풍은 여전히 거세어 서경왕 주익이 단독으로 책임을 지고 황제 앞에서 자결한 이후에도 반역자들의 참수가 이어졌다.

　정국이 흔들리는 와중에 무림의 동향 또한 심상치 않다 하고. 연이 상단이 활동을 멈추어 무림을 향한 황궁의 눈과 귀가 깜깜해진 상태.

　황태자는 진유청을 인질로 삼아 그런 무림의 중요한 한 축을 담당하고 있는 동심회를 제 손 아래 두려 했다. 그럼으로써 무림의 동요를 강제로라도 틀어막으려 한 거다.

그것을 위해 백일취로 기절시켰던 유청을 황궁에 감금하고 있는 것이라고 말이다.

나채환은 분명 그렇게 들었고, 이해하라 강요받았었다.

한데 일이 어떻게 풀려가고 있는 것인가?

전혀 예상 못한 경로로 해일이 휘몰아쳤다.

"황제 폐하께서 태자 전하에게 연이 상단의 뒤처리를 맡기셨냐?"

유청이 꼭 집어 이경찬을 직시하며 묻자 녀석이 정신을 차리기 위해 애쓰며 겨우 입술을 달싹였다.

"으응."

"무림맹으로 가는 초린대를 쫓고, 북경으로 올라오는 우리를 막으며 관리들을 움직이느라 대부분의 힘을 소진한 줄 알았던 연이 상단이 생각보다 훨씬 규모가 크고 남은 게 많아 태자 전하께서 크게 놀라셨겠네."

눈을 크게 뜬 이경찬이 이번엔 입을 꾹 다문다.

유청에게는 그걸로도 충분히 대답이 됐다.

연이 상단주 환성은 연이 상단을 제 마음대로 꾸려 나가고 있다 여겼겠지만 실상은 그렇지 않았던 거다.

특히나 무림맹과 여타 무림 세력들에게 흡수한 무사들과 그들에게 무공을 사사받고 산적인 척 표행을 털며 상권의 흐름을 막음과 동시에 실전 수련을 계속하던 연이 상단의 무사들 중 많은 수가 다른 곳에 쓰였겠지.

연이 상단주 환성의 실각 이후 황태자가 관리하고 있는 그들 중 반은 계속해서 연이 상단의 상권 일통을 도모하겠지만, 나머지 반은 훗날 다른 이름을 뒤집어쓰고 새롭게 무림에 나아가게 될 것이다.

황제가 총애하는 의제라며 환성을 추켜세우면서 그를 핑계 삼아 연이 상단을 팍팍 밀어준 데는 다 이유가 있었다.

유청의 추측대로라면……

연이 상단이 진명회의 원류이고.

훗날 그들에게 비밀리에 어림군의 힘을 보태 강력한 무림 집단으로 재탄생시키고 진명회라 명명한 진짜 주인은 바로, 황제인 주찬성!

과거부터 이어진 현재가 하나의 원을 그리며 이어진다.

황제가 만든 수수께끼의 장보도가 혈사방을 통해 무림맹에 넣어지고 무림맹은 그 장보도를 해석해 불귀곡으로 향한다.

불귀곡에서 혈사방과 무림맹은 크게 다투고 서로에게 치명상을 입히고 물러났다.

그 다음 등장한 것이 바로 혈사방의 뒷배로 알려진 진명회.

어디서 불쑥 나타난 건지 이해할 수 없는 그들이 무주

공산(無主空山)이 된 천하를 단숨에 집어삼켰다.

대체 어떻게 그만한 힘을 가진 곳이 아무런 태동도 없이 새벽에 솟구친 해처럼 튀어나와 세상을 비출 수 있나 의문이었는데 생각해 보면 그럴 수 있는 유일한 곳이 아주 오래전부터 보란 듯이 존재하고 있었다.

무림 전체와 맞서도 뒤지지 않을 무력을 가졌고, 무림인들에게 적대감을 갖고 있는 천하의 주인이 있는 장소.

그렇다.

황궁이었다.

사실, 유청은 얼마 전까지만 해도 혈사방과 진명회의 관계에 대해 이해하기가 어려웠다.

진명회가 진정 혈사방의 뒷배라면, 군이 혈사방을 희생시키지 않고도 무림맹을 칠 충분한 여력이 됐고. 그게 아니라 둘이 암묵적 동맹을 맺고 혈사방이 지원을 받아가며 무림맹을 상대한 거라면……

혈사방이 그렇게 불귀곡 혈겁에 전력을 쏟아붓지는 않지 않았겠나.

자기들이 휘청거려 무너지면 뒤에서 숨죽이고 있던 진명회가 언제 달려들어 냅다 주워 먹으려고 들지 모르는 판에 말이다.

한데 이제 알 것 같았다.

황제가 어떻게 혈사방을 제 것처럼 움직이는지는 알 수

없지만 아직 혈사방 전체가 온전히 황궁에 속해 있지는 않은 모양.

그러니 혈사방을 무림의 조직으로 세력을 보존시킨다 해도 후에 황궁과 연관된 진명회에 반발할 가능성이 높으니…… 사전에 문제를 차단하고자 불귀곡에서 무림맹과 같이 양패구상시키는 길을 택한 것이었다.

그래야 온전히 황제의 힘이 천하를 뒤덮고 무림을 무너트려 그가 통치하고 그가 주인인 백성들만이 이 땅 위에 살아가게 될 테니까!

이름하야, 무림말살대계!

그간 유청을 궁금하게 했던 수수께끼가 풀린 듯싶었지만 속이 시원하기 보다는 오히려 꽉 막힌 것처럼 더 갑갑해진다.

게다가, 또 한 가지.

불귀곡의 탄생 배경에 대한 것.

불귀곡이 무림의 양패구상을 노리고 목적에 의해 인위적으로 만들어진 거라면 대체 유청이 가진 불귀곡 비급은 뭐란 말인가?

거짓으로 만든 함정에 진짜 보물을 가져다 놓았을 리 만무하지만…… 그것은 진유청 본인이 직접 불귀곡에서 습득한 것으로 확실한 효과를 확인하지 않았나.

가짜일 수가 없는 것이다.

우씨.

산 넘으니 또 산이고.

"가서…… 태자 전하를 모셔올게."

이경찬이 비틀거리며 몸을 일으키자 유청이 녀석을 쫓아 시선을 들어 올리며 중얼거렸다.

"이상한 놈 다음엔 미친놈이고. 하아."

세상 살기 정말 힘들다니까?

이런 게 뭐 좋다고 두 번씩이나 다시 해보고 싶었는지 몰라. 그 반대급부인진 모르겠지만 두 번째 삶에선 뭐든 최소 두 배에서 시작하는 것이다.

"뭐가?"

무슨 소리냐는 듯 이경찬이 유청에게로 눈을 돌리지만 녀석은 됐다며 어서 나가보기나 하라는 듯 손을 바깥쪽으로 내저었다.

갇혀 있는 상태에 맞은편엔 저를 배신한 친구가 있지만 귀찮아하는 기색만 역력했다.

어디를 봐도, 어떻게 봐도 인질이라곤 할 수 없는 모양새.

"역시나……."

유청인 인질이 돼 남에게 휘둘리는 건 어울리지 않는 모양. 결국은 모든 게 녀석을 중심으로 풀어진다.

저가 내키지 않을 땐 어차피 아무리 물어도 대답해 주

지 않을 유청이기에 경찬은 포기하고 조용히 방을 나섰다.

"조용히 자리를 지키며 시키는 거나 열심히 할 일이지. 태자가 또 허튼짓을 하는군."

하나 보고를 한 정성이 있으니, 이번엔 넘어가 주기로 한다.

잘 따져보면 쓸모가 있을 수도 있을 것 같고 하니.

황제가 피식 웃으며 찻잔을 집어 든다. 코끝을 스치는 향기가 맑다.

옥빛이 감도는 찻물로 입술을 적신 황제가 고개를 갸웃거렸다.

"왜? 차가 마음에 들지 않나? 분명 대내총관태감에게 의제가 가장 좋아하는 차를 내오라 일렀건만."

미간을 좁히는 황제를 보니, 그냥 두었다간 여기저기서 곡소리 나게 생겼다.

황제는 단순히 저에게 아무런 반응도 하지 않는 환성이 마음에 들지 않아 애꿎은 이들을 괴롭히려 하는 것일 뿐인데……

"아니옵니다. 마음에 드옵니다."

결국 휘둘리고야 마는 자기 자신이 환성은 우스웠다.

상관도 없는 이들이 좀 다치면 어떻다고.

"정말 그런가?"

"네."

재차 확인까지 하는 황제에게 대답을 하면서도 환성은 자신이 대체 왜 아직도 살아 있는 건지, 살아 있어야 하는 건지 알 수가 없었다.

"내가 죽는 걸 허락하지 않았으니까."

"⋯⋯그게 무슨?"

"자네가 궁금해 하는 거 같아서 대답해 주는 거라네."

황제가 눈가를 휘었다.

무엇에 관해서, 란 친절한 설명 따윈 없다. 그럼에도 환성은 어떻게 그 답이 나왔는지를 알 거 같아 현기증이 났다.

환성이 시커멓게 죽은 눈빛으로 물끄러미 찻잔을 내려다보다 손을 뻗는다.

다른 데로 주의를 돌리기 위한 다분히 의도적인, 건조한 행동이었다.

"너무 걱정하지 말게나. 태자에게도 일러두었듯이 이번 일에 연루된 연이 상단 내부 인사들에겐 크게 죄를 묻지 않을 터이니."

"그게 저를 위한 것이옵니까, 폐하?"

"아무렴 어떤가. 과정이야 어찌 됐든 자네가 살 구실은 돼주지 않겠나. 그리고 적어도 한 명, 자네 때문에 살려둔 이도 있긴 하지. 막수곤이라 했던가."

연이 상단의 쓸모가 남았기에 그러는 게 아니냐는 다소 날 선 질문까지도 황제는 부드럽게 받아주었다.

"그가……?"

"그래, 내 살려두었지."

멍청한 동생인 주익 녀석과는 다르게 말귀를 잘 알아들은 게 한몫했다.

"감사하옵니다."

막수곤은 환성에게 있어 연이 상단을 이끌고 지탱할 수 있게 많은 도움을 주었던 소중한 이다.

그의 목숨 값을 치르기 위해 이만한 인사는 환성에게 당연하다고 할 수 있었다.

"무얼 그런 걸 갖고. 자네가 좋아하니, 나도 기쁘네."

황제의 말에 환성이 입술을 질끈 깨물었다.

황제의 배려는 자꾸 착각하게 한다.

세상 모든 것에 차가운 이가 환성 자신에게만은 언제나 따사로워서 그 자신은 특별하다고 믿어왔다.

배신하고, 치켜든 검을 그냥은 내리지 않으리라 곱씹고 또 곱씹으면서도. 그것에 대한 신뢰만큼은 변하지 않았다.

멍청하게도.

자신은 꼭두각시였을 뿐인데.

모든 게 환성 자신의 의지라고 생각했었지만 진실은, 황제가 손을 움직이는 대로 이리저리 허우적대며 그가 만들어 놓은 길을 걸어간 빈껍데기였던 거다.

이곳엔 이 이상 머물고 싶지 않았다.

따뜻한 찻잔을 두 손으로 감싸 쥔 환성이 마음을 다스린 후 입을 열었다.

"폐하께서 진정 절 죽이실 마음이 없으시오면 이만 놓아주시옵소서. 궁을 나가 조용히 사라지겠사옵니다."

"부족한 게 있다면 말하게. 궁 밖의 일과 연관된 것만 아니라면 무엇이든 들어주지."

황제가 환성을 달랬다.

서로의 말이 반사된다.

"⋯⋯아직도 제가 필요한 일이 남아 있사옵니까?"

"이런, 이런. 꼭 필요해야만 자네를 내 곁에 두겠나? 자네는 내 하나뿐인 소중한 의제인데."

황제가 희고 날카로운 송곳니를 드러내며 웃는다.

잔혹한 괴물의 호의가 심장을 갈가리 찢었다.

여기 세상에 한 명, 황제가 져주는 이가 있다.

그는 황제를 위해 모든 걸 버리고 황제를 죽이려 모든 걸 바쳤지만 실패했다. 그럼에도 불구하고 이젠 저 스스로는 죽지도 못한 채 황제에게 놓아달라 애걸한다.

너무나 선한 자의 얼굴을 하고 지독하게 이기적이며, 다른 이를 핑계 대지 않고선 혼자는 어떤 결정도 내리려 들지 않는 걸로 책임을 회피하는 겁쟁이.

양립하기 어려운 이 이중적 면모가 순수하게 맞닿아 있는 환성은 그래도 항상 마지막의 마지막엔 다른 누구를 희생시켜서라도 저가 원하는 선택을 하고야 말았으니.

희생시킨 이들을 위해 흘린 그의 눈물이 비록 위선이라 해도 무슨 상관이겠나. 상처를 준, 스스로가 자기를 용서하고 납득함에야.

인간적인, 너무나도 인간적인 추악한 밑바닥을 보기 좋게 잘 포장해 내보이는 환성은 황제에게 있어선 언제나 흥미로운 관심의 대상이자. 자신이 필요한 것을 가지고 맹목적으로 달려와 주는 충성스러운 신하였다.

환성이 황제의 예상을 빗나간 적은 단 한 번도 없었던 데다, 그가 황제 자신이 정해놓은 길 외의 다른 곳으로 엇나갈 거란 생각 따윈 해본 적이 없을 만큼 황제는 환성을 잘 알고 있었다.

그렇기 때문에 져줄 수 있는 거다.

지금만 해도 그렇다. 잔뜩 화를 내고 있지만 이내 포기하고 체념하거나 아니면 뒤로 새로운 꿍꿍이를 쌓겠지.

하나 그 또한 황제에겐 대단할 것 없는 놀이. 이번에도 결국은 동맹이었던 서경왕부를 멸문시키고 혼자 살아난 환성이지만…….

다른 이들에게 그것은 황제의 의제에 대한 총애는 여전히 걷히지 않았다는 뜻으로 풀이될 터.

떠올리면 불안해지는 서경왕 주익의 사례 따윈 편한 대로 잊어버린 채, 환성의 최측근 막수곤을 떠올리며 자기들에게도 그 후광이 머물 수 있지 않을까 기대하며 환성에게 달라붙겠지.

덩어리가 커진 뒤 세력이 만들어지면 힘이 생기고, 힘이 생기면 이권이 창출된다.

황제의 눈을 피해 만들어진 것이다 보니 황제나 황제를 지지하는 신하들의 노력은 한 푼 들어가지 않은, 그것은 제삼의 음지에서 자라나 서서히 익어간다.

황제는 모르는 척 그것의 존재를 외면했다가 잘 익어 꿀이 뚝뚝 떨어질 쯤 됐을 때 불쑥 손을 뻗어 따 버리면 된다.

필요한 곳에서 원하는 만큼.

황제의 땅에서 나고 자란 것이니 어차피 모두 황제의 것이 아닌가.

애초에 도둑질을 하려든 건 그들일 테니 감히 원망할 마음을 먹진 못할 테지.

그러니 상관없다.

연이 상단처럼 꼭 맞게 자라주면, 더 좋고.

사실 연이 상단은 황제가 완전히 손을 놓지 않은 채 뒤에서 지켜보며 커 나가는 걸 확인했기에 지금까지의 경우와는 달라 비교 대상으로 삼긴 어렵겠지만 말이다.

처음 연이 상단이 세를 일으켰을 때 황제가 형부상서 이청강으로 하여금 연이 상단주 직위를 맡긴 환성을 도울 것이 있나 알아보란 핑계로 여기저기 찔러대게 한 것도 그의 계획 중 일부였다.

연이 상단에서 황제의 눈을 피해 일을 도모하는 이들이 연이 상단주 환성에 대한 황제의 전폭적인 신뢰만 믿고 섣불리 움직이다 본격적으로 시작하기도 전에 다른 신하들의 눈에 띌 것을 저어해 이청강을 내세운 것.

이청강이 그들을 주시하고 있음을 알게 되면 함부로 꼬리를 내돌리지 않고 긴장한 채 방만해지지 않을 테니까.

거기에 더해 이청강의 능력이라면 바로는 아니어도 나중엔 연이 상단에 흐르는 암류를 눈치챌 게 분명하니 자연스럽게 연이 상단의 일을 공론화 시킬 도화선으로 심어둔 참으로 일석이조를 노린 수였다.

그리해 때가 되면 이청강 스스로, 혹은 그와 연관된 다른 이들이 나서게 하려 했는데 의외로 환성이 먼저 나서서 터트렸다.

황제는 잠시 어찌할까 했으나 어차피 그가 원했던 흐름과 크게 달라진 게 없었던지라 바뀐 바람에 맞춰 일을 처리했다.

세상 모든 걸 제 마음대로 해야 직성이 풀리는 황제라 하지만 저가 세운 열 가지 계획 중 열 개가 모두 적중하고 맞아떨어져야 한다는 억지를 부릴 만큼 외골수는 아니었다.

그랬다면 어찌 변화무쌍한 권력의 바람을 잡아 제 몸에 휘감을 수 있었겠나.

중요한 건 결과다.

너무 계획 그 자체에 정신을 쏟으면, 뜻대로 풀리지 않고 둘에서 어긋나고 다섯에서 넘어졌을 때 나머지도 모두 무너져 내릴 거란 걸 그는 진즉부터 알았다.

황제의 판단은 적중해 흘러가는 방향으로 바람을 보태 준 연이 상단의 일은 그를 흡족하게 하는 결과를 만들어 냈다.

관리들 중 썩은 싹을 솎아 내는데 잘 써먹은 데다 무림과 상권을 오고 가며 천하를 잘게 쪼개 서로 통할 수 있는 다리를 놓아 주었고.

황제의 병사들이 각지로 이동할 때도 연이 상단의 이름 아래 놓이면 무림 문파들에게 주는 위화감 또한 상당히 줄어들 수 있지 않겠나.

이렇듯 상단이란 특이성으로 인해 천하를 종횡무진 누빌 수 있는 연이 상단은 황제의 행사에 꼭 필요한 중요한 기틀이 됐다.

앞으론 황궁이 직접 나설 수 없는 일엔 연이 상단이 대신 움직일 것이다. 무림과 상권 모두를 장악할 전초기지로서!

연이 상단을 이루던 푸짐한 살점은 다 뜯어 먹혔지만 그건 황제가 바라던 바. 쓸데없는 기름기 따윌 어따 쓰라고.

제일 중요한 뼈대가 고스란히 남아 있고 황제가 미리 준비해 놨다 뿌려놓은 단단한 근육들이 꽉 짜여 자릴 잡고 있으니……

재생한 연이 상단은 이전과는 비교도 되지 않게 강해지리라!

이 모든 게 환성이 아주 잘해주었기 때문이다.

봐라, 이봐라.

남들은 황제에게 어찌 환성에게만 그리 총애를 베푸는 거냐고 의아해하며 황제의 권위가 실추된다고 걱정하지만……

저가 의도했든 그렇지 않았든 간에 하나를 주면 열로 스물로 부풀려 가져오는 이를 어찌 아끼지 않을 수 있을까?

황제는 저가 준 걸 백 배 천 배로 되돌려 받아 뼛속까지 아작아작 씹어 먹는다는 걸 저들이 모르기 때문에 그런 말을 할 수 있는 거다.

흉포한 야수와 같은 황제의 총애를 받고, 무슨 일에서든 면죄부를 받는다는 게 어떤 건지 전혀 알지 못하니까.

환성에게만 베푸는 게 아니라, 환성만이 버텨낼 수 있기 때문이다.

그만이 자격이 있었다.

얼굴에 웃음기가 가시지 않는 황제를 보고 환성이 허탈한 어조로 물었다.

"즐거우시옵니까?"

"그럼 즐겁다마다."

황제가 기지개를 쭉 펴는 야수처럼 나른하게 어깨를 펴며 고개를 끄덕였다.

어찌 아니 그럴까.

원하는 대로 모든 게 이루어지고 있지 않은가.

잠시 후 황제가 이어 말했다.

"그러니 자네도 잘 생각해 보게. 앞으로 재미있는 구경거리가 얼마나 많을 텐데 나 혼자는 재미없지 않은가. 자네도 한몫했으니, 세상이 어디로 어떻게 흘러가는지 함께 보아야지. 아니 그런가?"

"이미 충분히 보았사옵니다."

"자신하지 말게나."

황제의 대답이 가슴을 쿡 찌른다.

불길했다.

환성의 눈동자가 잘게 흔들리자 황제가 짐짓 모르는 척 찻잔을 들어 올려 외면했다.

아마 환성은 죽을 때까지 다는 모를지도 모른다.

그가 아는 건, 황제인 자신이 보여준 만큼, 딱 그 정도.

"혹시……."

"혹시, 뭔가?"

잠시 주저하던 환성이 고갤 젓는다.

아무리 자신이 황제의 조종대로 움직인 인형이었다 해도, 자신의 삶을 크게 뒤틀었던 선택의 순간 모두를 황제가 조율한 거라고 하는 건 너무 심한 비약이 아닐까 싶었던 것이다.

"아무것도 아니옵니다."

"사람 참 싱겁기는. 차를 다시 내오라 해야겠군."

황제가 말했다. 그의 말이 끝나기 무섭게 대기하고 있던 대내총관태감 양선모가 미리 준비해 두었던 걸 가지고 얼른 다가왔다.

물끄러미 황제를 바라보던 환성이 천천히 고개를 돌렸다.

그래서 그는 황제의 눈빛이 변하는 걸 보지 못한다.

"차향이 좋군."

황제의 목소리만이 느리게 울려 퍼졌다.

第三章

정리(整理)!

"그래서 아무런 증거도 없는, 그런 말을 믿으라는 게냐."

황태자 주태민의 얼굴에 불쾌함이 서리지만, 정말 가치가 없다고 여기면 일부로 유청이 감금돼 있는 별궁으로 갈 리가 없다는 걸 알기에 이경찬은 조용히 뒤를 쫓았다.

이경찬으로서도 따로 더 보탤 말이 없었던 탓이기도 했고.

"무림말살대계라⋯⋯."

걸음을 내딛던 주태민이 몇 번이나 되풀이해 되뇐다.

사실, 그 자체는 나쁘지 않았다.

앞으로 황제가 돼 천하를 경영해야 할 주태민의 입장에

서 보건데, 그건 오히려 매력적인 상황이 아닐 수 없었던 것이다.

전적으로 결과만 본다면 말이다.

주태민이 눈가를 찡그린다.

이전엔 황제인 아버지를 저가 꼭 닮았다는 이야기를 들으면 안 그런 척하면서도 어깨가 으쓱거렸다.

존경보단 두려움의 대상으로 좌중을 압도하는 아버지를 보면서도 무릇 군주란 설득해 따르게 하기 보단 명령해 인도하는 게 옳다 여겼기에 당연히 자신도 저런 황제가 되리라 생각했다.

황제의 옥좌가 인신(人神)이 돼야만 오를 수 있는 자리라 외치는 아버지의 푸른 광채가 도는 눈동자와 마주하지 않았다면, 아직도 그러했겠지.

주태민의 눈가에 어둠이 내려앉았다.

내적으로도 외적으로도 가장 안정돼 역사상 첫 손에 꼽힐 강력한 황권의 주인으로 불리는 것도 모자라 지금껏 선대 황제들이 모르는 척 외면하며 덮어 두었던 무림에까지 손을 대려 하는 것이다.

"하긴, 뭐든 당신 뜻대로 되지 않으면 스스로 견디지 못하시는 분이 아니신가."

황태자인 자신이 후대에 이룰 역사 따위를 남겨줄 마음은 전혀 없으신 듯.

피식 웃으며 자조적으로 뱉어내는 목소리에 센 숨이 묻어 나왔다.

"오셨습니까."

밖에 나와 기다리고 있던 채환이 황태자를 맞이했다.

"흐응."

주태민이 턱을 치켜들어 그를 내려다본다.

"에이, 저도 경찬이 구박 안 했는데 태자 전하께서 채환이한테 그러시면 아니 되시지요. 네?"

눈치가 워낙 빠른 유청이다 보니 정황상 채환이 핍박받는 이유를 바로 알아채고 끼어든다.

주태민의 눈이 가늘어지고 분위기가 험상궂어지기 직전, 이경찬이 조마조마해하며 나섰다.

"어, 얼른 들어가시지요."

해야 할 이야기가 태산 같지 않습니까!

이경찬을 힐끔 노려본 주태민이 고개를 끄덕이더니 먼저 별궁의 처소로 향했다.

"후우."

이경찬이 별다른 사달이 일어나지 않았단 것에 안도한다.

"진짜 괜찮겠냐? 저런 무서운 주인님 밑에서 평생을 보내야 하는데……?"

나 같으면 당장 그만두고 말지, 제 명에 못 살 거 같아!

뒷말을 끝까지 하지는 않았지만 말미를 길게 늘여 빼며 양어깨를 으쓱거리는 모양새가 충분히 짐작이 가능하게 했다.

"유청이, 너……."

"내가 뭘?"

유청이 자신이 무슨 잘못이라도 했냐는 듯 순진하게 눈을 깜빡인다. 저럴 때의 녀석은 잘못 건드리면 클 난다는 걸 경찬은 잘 알았다.

게다가 말이야 바른 말이지, 저를 함정에 빠트린 원흉이라 할 수 있는 사람이 눈앞에 있는데 아무리 그가 황태자라 해서 그냥 넘어갈 리가 없지 않나.

저, 진유청이 말이다.

뒤에서 인 부산스러움을 느꼈는지 주태민의 걸음이 조금씩 느려지기 시작하자 이경찬이 황급히 입을 열었다.

"우리도 얼른 들어가자!"

녀석이 나채환과 진유청을 채근해 황태자의 뒤를 바짝 쫓는다. 뒤에서 거리를 좁히자 주태민이 미간을 찌푸린 채로 속도를 높여, 밀리듯 미끄러져 방 안으로 들어갔다.

"왜 거기 서 계세요? 여기 좀 앉으세요."

저가 자고 일어난 곳이니 제 집이라도 되는 듯이 방 안으로 들어간 유청이 멀뚱히 서 있는 주태민에게 권한 뒤 다른 두 녀석에게도 손짓을 했다.

"······꼭 침상 위에 모여 앉아야 할 필요가 있나?"

그것도 다 큰 사내들끼리.

아무래도 주태민은 영 별로인 모양.

하여간 저 용 새끼는 까다롭기도 하다며 속으로 구시렁 댄 유청이 입을 열었다.

좀 아까 채환이와 경찬이가 별말 없이 구겨 앉았던 것과 비교가 됐기 때문이다.

"보시다시피 여기가 아니면 앉을 데가 없습니다만."

아무리 황궁이라 하나 오랫동안 비어 있던 불길한 소문 속의 별궁까지 관리가 제대로 됐을 리가 없다.

유청을 눈에 띄지 않게 데려다 놓기에 적절한 곳을 급히 수배한 만큼 시설이 미흡한 건 어쩔 수 없었다.

유청의 말을 끝으로 침묵이 감돈다.

황제를 제외하면, 주태민이 내키지 않아 하는 일을 태연히 시키는 유일한 이가 진유청이었다.

처음 봤을 때부터 죽일까 말까 고민되게 만들더니 지금 이 상황까지 번뇌를 불러일으키는 녀석을 황태자가 싸늘한 눈으로 노려봤다.

황태자의 눈빛이 따가웠던지 유청이 대충 수습했다.

"서 계시는 게 편하시면 그리하셔도 전 상관없습니다."

너무 상관없어 보인 게 문제라면 문제. 저는 편하게 엉덩일 붙이고 앉으며 하는 말에 황태자의 눈꼬리가 치켜 올라간다.

진짜 안 맞아도 너무 안 맞는 두 사람인 것이다.

"너는 인질로 삼기엔 참으로 위험하기 짝이 없는 녀석이구나."

진유청에 대한 주태민의 평가였다.

"아무래도 그렇지요? 그러게 그냥 놓아 주셨으면 더 좋았을 것을요."

"정말 그렇구나. 채환이 말대로 할 걸 그랬다는 생각이 처음으로 드는구나."

인질을 잡고 있다는 건 그 인질의 안전을 내걸고 원하는 목적을 이루겠다는 뜻이고, 바꿔 얘기하면 그때까지는 자신이 인질의 안전을 온전히 책임져야 한다는 것이다.

인질의 안전을 입으로만 보장한 채 협박을 해대며 제 실속만 차리려 드는 나쁜 놈들도 있기야 하겠지마는, 황태자 주태민은 필요에 의해 상황을 조율하기 위한 한 방도로 이것을 택한 것뿐.

파락호들처럼 거래 조건 자체를 허위로 내지르는 짓 따위를 할 수는 없지 않은가.

"하핫. 지금이라도 늦지 않았습니다."

유청이 아무것도 모른다는 듯이 해맑게 웃으며 대답했다.

"놓아준 뒤 다시 잡는 것도 괜찮을 게야. 대신, 그때는 인질이 아니니 목숨을 보존하기가 쉽지 않겠지만 말이야."

지직!

둘 사이에 노란 번개가 튀었다.

이만하면 됐다 싶었던 나채환이 둘 사이에 끼어든다.

"다 끝났으면 이제 그만 제대로 된 이야기를 나누는 게 어떻겠습니까?"

아직 안 끝났거든!

정확하게 얘기하자면 제대로 시작도 안 한 참이다!

진유청과 주태민이 동시에 나채환을 쏘아봤으나 녀석은 아무렇지도 않은 얼굴로 둘의 시선을 받아쳤다.

"그럼 계속 이러고 계실 겁니까."

물론, 그럴 수는 없지만.

황제가 환성과 함께 황제의 궁 후원에서 차를 마시고 있다는 얘기를 해공공에게 들었다.

주태민의 생각으로야 환성이 그날의 충격에서 벗어나는 데는 꽤 오랜 시간이 걸리거나 아니면 다시는 회복이 불가능할 거라 여겼지만 사람 일이란 어떻게 될지 알 수 없으니 확실히 단정 지을 순 없는 노릇.

환성이 어떻게 나오느냐에 따라 황제는 또다시 그에게 기회를 줄지도 몰랐다.

그것이 황제에게 있어선 손바닥 위에 올려놓은 물건을 이리저리 기울여보며 구르는 걸 지켜보는 정도의 관심과 애정이란 걸 이제 알기에 주태민도 부럽거나 화가 나지는 않았지만······.

그간 국정에 관여하지 못하고 있던 황태자가 비록 음지의 일이긴 하나 처음으로 제 몫의 일을 받아 맡아 하게 됐는데 환성이 다시 나서게 되면 주태민은 뒤로 빠지게 될 가능성이 높았다.

황제는 환성과 주태민을 적절하게 경쟁시키는 걸로 확정적인 후계 구도로 인해 황태자에게 쏠릴 권력의 누수를 막아왔으니 또 그러지 말란 법은 없지 않은가.

환성에게 가진 동정심은 아직까지 변함이 없지만 그와는 별개로 그가 어떤 결정을 내리느냐에 따라 황태자인 자신의 입지가 달라질 수 있다는 건 여전히 주태민을 불쾌하게 했고.

황제에 대한 적의 또한 한층 선연해졌다.

황제에게 환성이나 주태민은 똑같은 소모품에 불과하다는 걸 자꾸 자각하게 했으니까.

"그만두지."

주태민이 고갤 젓더니 유청의 맞은편에 비스듬히 걸터앉았다.

그의 뒤편에 서 있던 나채환과 이경찬이 침상으로 다가

가자 주태민이 고갤 들어 그들을 훑어봤다.

왜, 니들도 앉게?

침상은 넷이 앉기엔 턱없이 좁았던 것이다.

이경찬의 주인은 불편한 걸 참아야 하는 이유에 대해 알지 못하는 분이시니.

치사하고 아니꼬웠지만 어쩌겠나.

그래도 이왕 이렇게 된 거, 보기나 좋게 하자 싶었던 이경찬이 입을 열었다.

"저흰 신경 쓰지 마시고 편히 얘기 나누십시오. 여기서 대기하고 있겠습니다."

"신경 안 쓴다."

주태민이 별 쓸데없는 걱정을 다 한다는 듯이 시원하게 대답했다.

이경찬은 잠시 어이없단 표정을 지었으나 익숙한 일인 듯 이내 신색을 바로 했으므로, 보고 있던 유청만 속이 터졌다.

자신의 친구가 용 새끼 하나 잘못 만나 아주 생고생을 하는 게 눈엣가시처럼 밟힌 탓.

그래. 유청 자신에게 물이라도 들은 모양으로 지 팔자지가 꼬는데 다들 도가 텄다, 도가 텄어!

어차피 말리지도 못할 거. 말리지도 않을 거.

됐다, 됐고.

"이렇게 황급히 오신 걸 보니 태자 전하께서도 무림맹 살대계에 관심이 많으신 모양입니다."

"그럼, 너는 아니냐?"

"히하. 그럴 리가 있겠습니까? 당연히 저도 관심이 아주 많이 있습니다."

"간혹 무지한 것들 중엔 관심을 끌기 위해 별것도 아닌 일을 침소봉대(針小棒大)하여 사람들을 현혹시키려 들지. 경찬이에게 들은 대로라면 너는 썩 쓸 만한 녀석인 것 같으니 그렇게 멍청한 짓을 하지는 않겠지."

황태자 주태민의 눈매가 매서웠지만 어디 진유청이 눈이나 깜빡할 녀석이던가.

"물론입니다. 결과에 대해선 태자 전하께서 판단하실 일이지마는, 아마 후회는 없으실 겁니다."

유청이 양쪽 입꼬리를 삐죽거리며 대답하자 흰 이가 살짝 드러난다.

황태자는 아무런 반응도 하지 않고 녀석을 응시했다. 두고 보자는 뜻인 듯.

잠시 후, 분위기를 가다듬은 유청이 입을 열었다.

"태자 전하께서 절 잡아 두신 게 전하의 입지를 넓히시기 위해서였습니까, 아니면 황제 폐하를 견제하기 위해서였습니까?"

"둘 다였지만, 후자 쪽이 강했지."

일단 결정한 이상은 재고 빼지 않는다.

주태민은 연이 상단의 정리를 맡은 뒤 이상한 점을 발견했다.

처음엔 승승장구했던 연이 상단이지만 이후 여러 가지 일에 휘말리며 여기저기 찢긴 상태가 됐어야 옳았는데 전혀 그렇지가 않았던 것이다.

이건 누군가의 손이 닿아 있음이 분명했고, 그게 황제일 거라는 건 그리 오래 고민할 문제가 아니었다.

만약 거기까지만 이었다면 황태자도 조용히 덮어 두었을 텐데.

"겁이 나신 겁니까?"

"아니, 화가 났다. 앞으로 천하의 주인이 될 내가 모르는 게 이 세상엔 너무 많다는 데에."

연이 상단으로 인해 자신이 놀라지 않았냐는 물음을 진유청이 던졌다는 걸 미리 전해 들었던 주태민이기에 귀찮은 설명은 덧붙이지 않았다.

어차피 진유청이 자신보다 많이 아는 듯싶기도 했고.

하나 이어진 녀석의 말엔 의아함이 샘솟았다.

"연이 상단의 힘이 곧 무림을 덮칠 겁니다."

연이 상단이 직접 무림을?

주태민이 눈가를 찡그린다.

"어림군과 폐하 직속의 비밀 병력이 돕는다 해도, 그들이 한꺼번에 무림맹과 혈사방을 상대하기란 무리일 텐데."

"그래서 현명하신 황제 폐하께서 혈사방에 손을 쓰신 참인 거 같습니다. 그것도 아주 오래전부터요."

혈사방이라.

무림과는 거리를 두고 있지만 그렇다고 완전히 무시할 수는 없는 황태자로선 모를 수가 없는 곳이었다.

"……그런가? 너무 폐하다우셔서 할 말이 없군."

주태민이 피식 웃었다.

설마, 그럴 리가 하고 생각하며 반론을 제기한 순간 딱딱 맞춰 떨어지는 답변에 기가 막힌 탓이었다.

"전혀 예상하지 못하신 겁니까?"

"뭔가 있다는 거야 알고 있었지. 하나 무림말살 계획이라니……. 거기까지야 생각할 수 있었겠느냐."

보통은, 말이다.

주태민은 사실 저가 평범하다거나 보통 수준의 사람이라곤 설마 상상도 해본 적이 없어서 더 충격적이다.

"그래서 어쩌시렵니까?"

"무얼 말이냐."

"절 어찌 이용하실 거냐고 묻는 겁니다."

입지를 강하게 하기 위함보다 황제를 견제하기 위함이 컸다 했으니, 황태자는 제 입장을 확실히 밝힌 거나 다름

없었다.

역시나 저 잘나고도 잘난 용 새끼는, 제 아비인 황제의 그늘 아래 머릴 처박은 채 얼른 그가 죽어 자기에게 허울 뿐이라도 좋은 황제 자리를 물려주기만 손꼽아 기다릴 생각은 없는 듯.

그렇지 않았다면 이렇게 번거로운 일을 벌였을 리 만무하지 않은가.

아마도 황태자는 황제의 명령대로 연이 상단의 이야긴 쏙 빼먹은 채 서경왕 주익이 일으킨 역모로 인해 황궁이 시끄러운 때에 무림맹의 혼란이 어떤 악영향을 끼칠지 알 수 없으니…… 이이제이(以夷制夷)의 계책을 써 동심회로 하여금 황궁의 방패가 되게 하자 얘기했겠지만.

사실은 인의회에서 연이 상단으로 파견 나왔던 무사들 중 변절한 자들이 상단의 무사들을 교육하고 그들과 함께 산적질을 하다 후에 연이 상단이 흔들릴 때 또다시 황제에게 회유당해 어림군으로까지 흘러 들어간 걸 알게 되고.

군문에 몸담은 이가 많은 팽가의 여러 정천호들이 하나, 둘 천호소를 지휘하는 제 직위를 떠나 사라져 폐하의 비밀 직속 부대로 이관됐다는 정황이 포착됐던 순간 생각했으리라.

나는 무엇인가, 하고.

그리고 자기의 무기가 될 것을 찾았겠지.

황궁에선 황제의 눈과 귀 때문에 섣불리 제 손을 잡아줄 이도 없을 테고 저가 대놓고 나서기도 힘들 테니……바깥으로 시선을 돌린 것이다.

바로, 진유청 자신과 동심회.

차대 황제가 될 황태자가 선택한, 과거엔 존재하지 않았던 패!

황제 주찬성은 너무 간과했다.

보는 눈 높은 황제가 자신이 이룬 업적을 후대로 이어가는 가교로 황태자가 부족함이 없다 평했다면 그건 주태민이 그만큼 유능하다는 뜻이고. 아들이자 황태자인 주태민이 자기와 너무 닮았다는 건…….

바꿔 말하면 황태자 또한 다른 이 밑엔 있을 수 없는이라는 것이다.

그게 비록, 아버지인 황제라 할지라도!

손가락 하나로 부려지는 바둑판의 바둑알은 절대 될 수없었다. 왜냐하면 주태민도 바둑알을 집어 들 새로운 손이었으니까.

진유청은 저가 아는 과거와 현재를 모두 조합해 상황을추측하고 주태민의 속내를 읽어 내렸다.

그리고 그것은 대부분 틀리지 않은 듯.

마주 보고 있는 황태자 주태민의 뜨거운 눈빛이 증명했다.

"⋯⋯너는 생각했던 것보다 재미있는 녀석이구나."

그걸 이제야 알다니.

유청이 입맛을 다신다.

하지만 늦었어요, 황태자 전하.

이제 와 그렇게 욕심내 봤자, 유청 자신은 이미 임자가 있지 않은가.

천하의 모든 아리따운 아가씨들과⋯⋯ 동심회. 그리고 모두가 함께 살아가는 이 세상.

"그럼 굳이 이 방법을 택한 진짜 이유도 아느냐?"

주태민이 이어 물었다.

그가 무리를 하면서까지 진유청을 잡아둔 까닭 말이다.

따져 보면 계약과 소통을 위해서는 이보다 훨씬 좋은 방법이 아주 많지는 않더라도 아예 없는 건 아니었으니까.

"그건⋯⋯."

태자 전하, 당신의 성질이 너무 못돼 처먹어서라고 말했다간 큰일 나려나?

사실은 사실이지만⋯⋯.

잠시 말을 멈춘 뒤 검지로 볼을 긁적거리던 유청이 다시 입을 열었다.

"나중에 태자 전하와 손을 잡은 동심회가 움직였을 때 거기에 대해 폐하께 보고드릴 명분을 미리 만들어 두신 게 아닙니까?"

일전 말씀드린 대로, 진유청의 안전으로 그들을 위협한 뒤 이권을 약속해 회유한 다음 움직이게 했다고 하고……
물밑에선 황제의 감시를 피해 다른 일을 진행시킬 요량으로 말이다.

한데 문제는, 이 모든 일의 과정 속에 가장 중요한 한 가지가 빠져 있다는 것.

동심회는 그리고 진유청은 황태자에게 아무런 이야기도 앞서 듣지 못했다. 바꿔 말하면, 그래도 된다고 황태자에게 허락한 적도 없다는 뜻!

황태자 주태민의 머릿속엔 동심회가 자기에게 필요하고 그들을 대체할 다른 훌륭한 방안은 없다는 걸 깨닫는 순간, 동심회가 그의 협상안을 거절할지도 모른다는 생각은 완전히 지워져 버렸다.

왜냐하면 주태민은 저가 동원할 수 있는 모든 수를 써서 동심회를 압박할 거고 진유청의 감금으로 그 의지를 극명하게 보여줬으니까.

안 되서는 안 되는 거라면 어떻게든 되게 하면 그뿐이라 여기는 거다.

절대 거절할 수 없도록. 절대 거절당하지 않도록.

선수를 쳐서.

"맞다."

그러니 흡족한 미소를 띠며 대답하는 주태민의 저 잘난

얼굴에 기가 질리는 건 당연한 거겠지?

무섭거나 두려워서가 아니라, 뭐 이런 새끼가 다 있나 싶어서.

경찬이 녀석이 저를 다 내던져 가면서까지 지키려는 걸 보면 분명 거부할 수 없는 매력이 어디 숨겨져 있긴 할 텐데……

유청이 주태민의 얼굴 여기저기를 뜯어본다.

대체 어디 있는 걸까?

정말 있기는 한 걸까.

이놈의 용 새끼가 비늘 아래 감췄는지, 아니면 싸가지 랑 같이 엿 바꿔 드셨는지 그놈의 매력을 진유청 자신은 도통 찾을 수가 없었다.

"왜 그렇게 보느냐?"

"아무것도 아닙니다."

"아무것도 아니라고 하기엔, 네 녀석의 눈빛이 너무 불 손하구나."

진유청의 본심이 너무 적나라하게 담겨 있었는지, 턱을 스윽 치켜 든 주태민이 녀석을 내리 깔아보며 경고했다.

에이, 뭐 또 그렇게까지나.

"설마요."

절대 아니라는 듯이 진유청이 순진한 척 눈을 깜빡이며 눈동자를 크게 뜨자 주태민이 코웃음을 쳤다.

"입은 참 잘도 나불대는구나."

오만함이 천성인 듯 사람을 내리 깔아보는 시선과 그럼에도 불구하고 기품이 잘잘 흐르는 흰 얼굴.

눈의 흑백을 선명히 가르는 검은 눈동자에 길고 서늘한 눈매까지, 확실히 잘은 생겼다만.

"이왕 나불댄 김에 좀 더 주절거려 보자면 말입니다……."

유청이 말끝을 흐리더니만 주태민에게 제 얼굴을 슬쩍 갖다댄다.

만약 여기 있는 이가 나채환이 아니고 경찬이 무공을 할 줄 알았다면 즉각 유청을 향한 경계와 반격이 쏟아졌을지도 모를 만큼 급작스러운 행동.

그럼에도 불구하고 주태민은 몸을 뒤로 물리거나 놀라는 기색 전혀 없이 유청을 물끄러미 보고 있었다.

네 까짓 게 감히 자신을 해할 리가 없다는 자신감이 온몸에서 표출됐다.

하지만.

"제가 가끔 집요한 남자는 인기 없단 말을 제 형에게 했습니다만…… 집요한 남자보다 더 인기 없는 부류가 바로 의심 많은 남자 아니겠습니까?"

이번엔 조금 놀란 듯 황태자의 눈초리가 매서워진다.

진유청은 무슨 말이냐는 듯 저를 쏘아보는 황태자의 눈

빛을 가볍게 무시해 줬다.

진짜 몰라서 저러는 건 아닐 테니까.

유청이 힐끔 눈동자를 굴려 보란 듯이 경찬을 가리키자 주태민의 입꼬리가 말려 올라가더니 살짝 벌어졌다.

"의심한 게 아니라, 확인해 본 것뿐이다."

앞으로의 더 많은 시간을 위해서.

마지막으로 딱 한 번.

"원래 처음엔 다들 그렇게 말합니다."

한 번이 두 번 되고 두 번이 세 번 되는 건 순식간인데 그걸 모르고 말이다.

"나는 다르다. 나는 그들이 아니니까."

주태민은 자신만만했고, 저를 평범한 다른 이들과 비교하는 자체를 거부했다.

"네, 네. 꼭 그러시길 바랍니다."

빈정거림이 완연히 담겨 있는 말투지만 방 안의 다른 녀석들에게 들리지 않도록 크기를 조절하고 있기에 주태민은 맘 넓게 넘어가 줬다.

어린 시절의 골목대장이자 지금의 이경찬을 만든 장본인인 진유청과 앞으로의 이경찬을 만들어갈 주인인 황태자인 주태민.

자신들 두 사람이 준 신의 중 이경찬이 무엇을 더 귀히 여기고 선택할 것인지에 대해서 시험해 보기 위함도 이 일에 적지 않은 영향을 끼쳤다는 걸 알게 할 필요는 없지 않겠나 하는 생각이 든 탓.

황태자인 자신이 아무리 이경찬을 마음에 들어 하고 믿기로 했다고 해도 아무런 검증도 없이 천하를 경영하는 중차대한 일의 중심축을 덜컥 맡길 수는 없는 노릇 아닌가.

그게 당연한데도 왜인지 모르게, 그냥. 그랬다.

저가 한 일을 감출 필요가 없다 여기면서도 이경찬이 모를 수 있다면 그게 낫다고 여긴 거다.

"우리 경찬이는 고지식하고 순수한 거지, 바보는 아닌데. 쩝."

저 용 새끼의 속내를 알면서도 스스로 제 심장을 꺼내 보여줬다.

그 마음의 가치를 알기나 할는지.

유청이 혼잣말을 중얼거리며 고갤 설레설레 젓다 주태민이 뭐라 한 거냐는 듯 바라보자 딴소리를 했다.

"이제 말해주셔야지요. 아니면 그것도 제가 맞춰야 하는 겁니까?"

"맞출 필요는 없지만, 먼저 대답해 줘야 하는 게 있긴 하지."

"무엇 말입니까?"

"너는 동심회를. 그 동심회는 다시 무림맹을. 과연 어디까지 움직일 수 있을까 하는 역량에 관해서 말이다."

"강제로 목줄을 매려 드시면서 바라시는 것도 참 많으십니다."

"황제는 하늘과 땅에게서 천하를 훔쳤으니, 세상에서 가장 큰 도둑이다. 하늘의 뜻을 거두어 품에 가두고 땅 위의 사람에게 의지를 빼앗아 이 손으로 휘두르는 운명을 가지지 않았느냐."

그만큼 난폭하고, 욕심쟁이라는 의미에 더해, 어차피 너희가 가진 모든 것도 결국은 황제가 될 자신의 소유라는 뜻도 됐다.

"아무리 그래도 사람은 밥심으로 일하는 건데 입에 쌀알은 넣어 주셔야지요. 안 그렇습니까?"

"값은 모자라지 않게 쳐주마. 어차피 강호의 무뢰배들에게 진실된 충성을 바라지는 않았다. 다만 경찬이와 형부상서로부터 이어진 너와 동심회가 다른 놈들보단 조금 낫다고 여겼을 뿐."

"그렇다면…… 어느 것을 나눠주시겠습니까?"

유청이 주태민을 직시했다.

이것마저 알고 있어?

주태민의 표정이 굳었다.

정말이란 말인가? 세상의 흐름을 꿰뚫는 진실한 눈을 가졌다는 게.

구질구질한 설명 없이도 대화가 통한다는 데에 느낀 편

함을 넘어서서 무언가가 주태민을 자극했다.

숨을 길게 들이마신 주태민이 습관처럼 동요를 감춘 채 감정이 담기지 않은 목소리로 말했다.

"처음엔 무림에 뿌리를 내린 황궁의 이권을 나눠줄까 했는데 아무래도 그건 안 되겠구나. 네 말대로면 폐하의 손이 연이 상단을 넘어서서 혈사방까지 닿아 있는 듯한데……. 그걸 잘라주려 했다간 황궁의 힘을 뚝 잘라 무림에 내어준 게 될 테니까."

"후자를 택하시나 봅니다."

"그래. 인정해 주지, 무림의 존재를. 그리고 보장해 주마, 무림의 평화를. 새로운 황제의 이름으로!"

황태자 주태민의 눈동자가 형형히 빛나며 불길이 솟구쳤다.

무림의 힘을 경계하는 마음에는 여전히 변함이 없고 자신의 백성으로 인정하기에 무림인들의 불경스러움은 도를 지나친 감이 있으나……

어쩌겠나.

황제는 주태민을 주태민으로서 있게 하지 않는 것을.

그에게 있어선 다른 모든 것과 비교해도, 아버지이자 황제인 주찬성이 가장 나빴다.

황태자로서의 위치, 그의 근간을 한 손에 쥔 채 내키는 대로 흔들어대는 황제를 계속 용납할 수는 없었다.

진유청은 그런 황태자에게서 시선을 떼지 못한다.

동심회로 인해 무림맹의 역사가 달라졌듯, 황궁 또한 이전과 다른 새로운 갈림길을 앞에 두고 양쪽으로 찢어진다.

황제와 혈사방, 황태자와 동심회.

누가 이기는 싸움이 될는지…… 하늘만이 알려나?

아니.

왠지 진유청은 알 것도 같았다.

이기는 쪽은 사람의 편에 선 자.

그렇게 되게 하기 위해 진유청 자신이 되돌아와 이 자리에 서 있는 걸지도 모른다는 생각이 문득 들었기 때문이었다.

"에엥?"

일전의 사달로 인한 여파가 아직 남아 있어 허물어진 부분이 곳곳에 남아 있는 동심회 숙소에서 나오던 홍개가 고개를 갸웃거렸다.

"왜?"

뒤따르던 청운자가 묻자 홍개가 검지로 맞은편 한 점을 가리켰다.

"저건, 진 회주 아닌가?"

청운자와 나란히 서 있던 목영도 의아했는지 불쑥 끼어들었다.

"대체 천하의 동심회 회주님께서 저 무슨 모양 빠지는 짓인고."

홍개가 입맛을 다시며 중얼거렸다.

그도 그럴 것이 동심회를 빠져나가는 길목 가장자리에 심어진 나무 기둥 뒤에 엉거주춤 엉덩이를 뒤로 뺀 채 목만 쭉 빼내 어딘가를 살피고 있는 진호철의 뒷모습은 그다지 봐줄 만한 게 되지 못했기 때문이다.

"어이. 이보게!"

얼른 다가간 홍개가 진호철의 등을 툭 치자 그가 퀭한 얼굴로 고개를 돌렸다.

눈 밑이 시커멓다.

"히익? 무슨 일인가!"

홍개가 깜짝 놀라 묻는 말에 진호철이 얼른 손가락을 입에 갖다댔다.

쉿!

"왜 그러냐. 혈사방이 쳐들어오기라도 했나?"

아니면 근신을 선고받고 감금 상태인 이가연합에서 또 다른 수작질이라도 벌였다든지.

한층 숨을 죽인 채로 조심스레 물으며 덩달아 진호철의 뒤에 따라붙어 몸을 숨긴 홍개가 말했다.

홍개의 갑작스런 행동에 청운자는 물론 덤덤한 표정의 목영까지 당황해 어깨를 웅크린 다음 뒤로 꼬리를 잇는다.

"뭔가? 뭔데?"

청운자가 싸한 얼굴에 인상을 찌푸리며 홍개의 등판을 툭툭 치지만 홍개라고 알 도리가 있나.

홍개도 제 앞에 등을 보인 채 서 있는 진호철을 물끄러미 바라볼 수밖에.

"저, 저기……."

하나, 사실 진호철이야말로 놀라고 있었다.

왜냐.

그는 분명 홍개 어르신만 본 거 같은데, 잠시 후 어디선가 청운자에 목영까지 나타나 무슨 사달이라도 난 기세로 제 등 뒤에 일렬로 붙어 서서 사방을 기웃거리고 있었으니까!

이들이 비록 지금 노인네처럼 굴고 있긴 하나 알고 보면 개개인 모두가 거대 문파의 명망 있는 장로들로 말 한마디 행동 하나에 천금이 얹어질 정도였으니, 더.

"저기 웅성거리는 기운. 저거 맞는가?"

홍개가 턱으로 저를 돌아보고 있는 진호철의 어깨 너머를 찍었다.

근래 워낙 오가는 이가 많은 동심회 숙소인지라 그냥 그런 이들 중 한 무리인가 했더니만 그게 아닌 듯.

홍개의 눈매가 자못 사나운 게 당장에라도 허리춤에 꿰고 있는 몽둥이를 손에 들고 뛰쳐나갈 거 같았던지라 진호철은 더 이상 고민만 하고 있을 수가 없었다.

"저들은 중도파에 속한 이들입니다."

"그럼 중도파가 우리 동심회주를 노리고 있다는 건가?"

눈썹이 잔뜩 치켜 올라간 홍개의 눈동자에 험악한 기운이 감돌자 진호철이 재빨리 부정했다.

"절대 아닙니다. 사실은 그게 아니오라⋯⋯."

휴우.

말끝을 흐리던 진호철이 이마에 맺힌 땀을 손등으로 닦는다.

특별한 아이였던 유청이가 태어나고 나서부터 진가장과 진호철 자신 그리고 이현이에겐 참 많은 일이 있었다.

보잘것없는 자신이 동심회주가 되고 동심회의 어르신들게 인정받고 있다는 걸 스스로가 받아들이는 데까지도 제법 시간이 걸렸었지.

무림맹 정문 앞에서 가장 먼저 나아가 스스로가 동심회를 대표하는 회주임을 밝히는 과정이 쉽지만은 않았다는 뜻.

한데⋯⋯.

"회주님, 어디 계십니까?"

"분명 이쪽으로 오시는 걸 봤는데."

"동심회주님이야말로, 그간 공석이었던 무림맹주 자리를 채울 자격이 있는 분이시니 자꾸 겸양하시더라도 밀어붙여야 하네."

거리가 좀 떨어져 있기는 하나 무공을 익힌 이라면 듣는 데 크게 문제가 되지 않을 정도 크기의 목소리로 나누는 대화가 나무 기둥 뒤에 숨어 있는 진호철과 세 장로의 귀에도 쏙쏙 들어와 박혔다.

"무, 무림맹주?"

홍개가 입을 쩍 벌린 채 중얼거리는 말에 진호철이 쓰게 웃는다.

그러게 말입니다.

무림맹주랍니다, 저들이.

진호철은 정말이지 이건 말도 안 되는 소리라 여겼기에 인의회의 동심회 습격이 있던 날 밤이 지나고 바로 다음 날부터 저를 졸졸 쫓아다니며 귀찮게 구는 이들을 이해할 수가 없었다.

미친 거 아닌가?

대체 자신의 뭘 보고 그런 말을 한단 말이냐!

저들은 아마도 동심회 어르신들이 진호철 자신을 깍듯하게 대하며 회주, 회주 하고 따르니 뭐가 있어도 있을 성싶다 여겨 저러는 거겠지만…….

눈 씻고 잘 좀 봐라.

없다. 정말로 그런 거 한 개도 없어!

진호철 자신은 정말 별거 없는 사람이었고, 동심회라는 단체의 특성 덕분에 자신이 이렇게 자리를 잡을 수 있었던 것이다.

하지만 외부의 적보다 더 무서운 게 있었으니.

"그게 뭐 어때서. 진 회주라면 충분히 자격이 있지 않은가? 사실 진 회주가 아니면 무림맹주 자리에 앉을 수 있는 사람이 있기나 할까?"

쭈그리고 앉았던 몸을 어느새 쭉 펴고 양팔을 가슴팍 앞에서 꼬아 다소 거만한 자세를 취하고 있던 청운자로, 쉽게 말하자면 내부의 적이라고나 할까.

"하긴. 틀린 이야기는 아니네."

목영 선사까지 동조하고.

"그런가?"

팔랑거리는 귀로 날아갈 수도 있을 거만치 얇은 두께를 자랑하는 홍개마저 먹이를 덥석 무니 진호철의 가슴은 방금보다 훨씬 무거워졌다.

어르신들께서 근래 너무 과로하셔서 총기(聰氣)가 흐려지신 모양.

회주로서 제대로 해드린 것도 없이 이일 저일 부탁하기만 해서 그런 것 같아 마음이 아팠다.

"죄송합니다."

이제부터라도 신경 좀 써드리리라.

다짐하는 진호철의 등에 두 손바닥을 갖다댄 홍개가 히죽, 이를 드러내며 웃더니.

"죄송하다니 그런 말 말게. 진 회주 같은 사람을 다른 이들과 나눠야 한다는 게 아깝긴 하지만 시류가 그렇다면 따라야겠지. 자, 가보시게나. 우리에게 미안해하지 말고 창공을 향해 훨훨 날아오르게."

진유청을 제자로 한 번 받아 보겠다며 청운자와 분탕질을 치다 만나 죄인으로 진가장에 들어가 지금까지 보아 온 진호철이 동심회를 넘어 무림의 거목으로 성장하는 현장은 홍개에게도 기껍기 이를 데 없는 일이었던 거다.

다만 진호철의 본심과 너무 거리가 있었다는 게 문제.

"어르신, 저는……!"

진호철이 뭐라 말을 끝내기도 전에 홍개가 그의 등에 대고 있던 손바닥을 가볍게 떼었다 붙이며 힘을 내질렀다.

파악!

홍개로 인해 앞으로 상체가 쏠린 진호철이 넘어지지 않기 위해 다리를 재게 놀린다.

그 바람에 기척을 흘린 건 물론이오, 길가 한가운데로 모습을 드러내게 됐다.

"어, 저기 동심회주님이시다!"

맞은편에서 웅성거리던 중도파 소속 무인들이 눈을 빛내며 진호철을 바라봤다.

쏟아지는 시선이 뜨겁다 못해 용암처럼 진호철을 집어삼킨다.

"잘해보게나!"

뒤쪽에서 손을 흔들며 환하게 웃는 홍개를 곁눈질한 진호철이 속으로 다짐했다.

오늘의 일은 절대 잊지 않고 있다 이현이……가 아니라 유청이에게 꼭 일러바치리라 하고.

자신의 둘째 아들이라면 오늘 이 기막힘의 딱 백 배 이상으로 어르신께 되갚아주고도 남을 게 분명했으니까.

어쨌거나 그땐 그때고, 당장은 눈앞의 일을 처리해야 했으니.

무림맹주라, 그거 먹어도 되는 거 맞을까?

차라리 소화시켜 밖으로 내보낼 수 있는 거라면, 참 좋을 텐데.

입에 처넣어지기 직전인 떡이 겉보기엔 화려하지만 맛은 없을 게 너무 여실히 느껴져 진호철 자신은 입맛이 싹 달아난 상태였음에도…….

"회주님!"

저들은 너무 신나 보였다.

맛있는 먹잇감을 발견한 듯 자신을 향해 우르르 몰려오는 이들을 보며 진호철이 길게 한숨을 내쉬었다.

第四章

전염(傳染)!

우당탕탕!

"크아악!"

뭔가가 심하게 부서지는 소리에 섞인 절규가 잠시도 쉬지 않고 울려 퍼졌다.

"쯧, 또 시작이네."

평소라면 그 방으론 눈길도 주지 않았을 이들이 오늘은 아무렇지도 않게 혀를 차며 눈살을 찌푸린다.

"저럴 만도 하지 않은가. 속이 말이 아닐 텐데."

거기에 어줍지 않은 동정까지 덧붙여지자 현재 무림맹 내에서 제갈건의 위상이 어떻게 달라졌는지가 실감됐다.

"식사 가져왔습니다."

경계를 서던 무사들이 나타난 사내를 위아래로 훑어본 다음 고개를 끄덕였다.

미리 총관부로부터 언질이 있었기 때문이다.

사내는 설마 이게 확인 과정의 다인가 싶어 주위를 살폈으나 별다른 게 더 있진 않았다.

하긴, 어차피 제갈세가에서 정말 작정을 하고 달려들면 막아설 수 있는 이가 얼마나 되겠나.

같은 세가나 거대 문파 소속의 무인들이 아니라면 피해만 늘어날 터.

그러니 제갈세가의 처소를 채우고 있는 무림맹 소속 무사들은 제갈세가 식솔들을 강압적으로 억제하거나 제어하기 위해 이곳에 있는 게 아니다. 저들은 타 문파 사람들에게 현재 제갈세가가 처해 있는 상황을 보다 극명히 확인시켜 주기 위해 그 자리에 서 있는 것이라 할 수 있겠지.

무림맹을 좌지우지하는 실세 중 하나였던 이가연합이 이제 같은 소속이었던 데다 눈 아래로 깔아보며 사람 취급 안 했던 이들에게 감시를 받아야 할 만큼 잘못된 선택을 했음을.

사내가 눈을 번뜩이더니, 고개를 숙여 제 얼굴을 반쯤 가린 채로 제갈건의 숙소를 향해 종종걸음을 놀렸다.

"들어가겠습니다."

문 밖에서 들려온 소리에 제갈건이 이를 으득 깨물었다.

들어가도 되겠습니까, 도 아닌 확정적 통보가 귀에 거슬린 탓. 지금까지 결정을 내리는 건 제갈건의 몫이었고, 제갈건이 제 몫을 포기해야 할 때는 제 머리 위의 제갈인창이 고갤 젓는 순간뿐이었으니까.

끼이익.

소리를 죽이며 문을 열고 들어선 사내가 제갈건을 발견하고 한 발을 내딛다가.

슈욱!

갑자기 뭔가가 얼굴을 향해 날아옴을 느끼고 몸을 살짝 비틀었다. 사내는 저를 스치고 가 바닥에 처박힌 게 무언지 힐끔거릴 새도 없이 얼른 경계 바깥의 발을 안쪽으로 마저 밀어 넣은 다음 문을 닫아 버렸다.

"어딜 감히!"

"소란이 벌어지면 소가주님과 이야기를 나눌 기회가 없어질지도 몰라 무례를 범한 것이니 용서해 주십시오."

만약 바로 이어진 해명이 없었다면 제갈건은 탁자 위에 놓인 찻주전자를 향해 뻗어나가던 손을 멈추지 않았으리.

"너는······."

"네. 총관부에 속해 있는, 제갈세가의 은덕을 입은 자들 중 하나입니다."

제갈건이 숨을 크게 들이마쉬었다 내쉰 후 무슨 일이 있었냐는 듯 말끔한 표정으로 사내와 시선을 맞췄다.

하나 스르륵 뒤로 감아 내린 손끝은 여전히 떨리는 채.

"바깥의 동향은?"

그 상태 그대로, 이야기가 시작됐다.

"변심한 중도파에서 이젠 동심회주를 무림맹주로 선출하자고 주장하고 있습니다."

식사를 가져온 무림맹 소속 무사가 바깥에서 감시하고 있는 이들의 동향을 살피며 조심스레 속삭인다.

"하하……."

제갈건의 입에서 허탈한 웃음소리가 흘러나왔다.

멍청한 것들!

충분히 이길 수 있는 판을 뒤엎어 놓고서는 뒤처리까지 그 모양 그 꼴이라니. 어이가 없다.

중도파는 당장 동심회의 눈치를 보며 잘 보이는 데 급급해 앞날을 읽지 못하고 있는 거다.

자기들이 동심회의 뒤를 노렸던 이가연합과 손을 잡았던 전적이 그런다고 가려지기라도 할 거라 기대하나?

저러다 모든 게 다 동심회로 넘어가게 되면 결국 자기들이 발 딛고 서 있던 땅까지 떼어 먹히게 될 게 자명했으니. 그건 결국 제갈세가와 남궁세가로 이어지는 이가연합에도 다시 한 번 악영향을 끼칠 게 분명했다.

하긴, 시세를 읽을 머리가 있다면 애초에 이가연합을 배신하지도 않았겠지만 말이다.

"남궁 대공자님께선 어찌하고 계신지 살펴보려 했으나 남궁세가의 처소 쪽은 만일의 사태를 대비해 이곳보다 많은 인원이 지키고 있는지라 잠입할 수가 없었습니다."

"그랬군."

똑같은 이가연합이라 하나 한쪽은 지략의 제갈세가요, 다른 한쪽은 검의 푸름이 하늘을 덮는다는 남궁세가가 아닌가.

동심회의 대처 방법이 각 세가의 특성에 따라 다른 건 당연한 일.

게다가 남궁세가에는 동심회의 차기 회주가 될 거란 예상이 확실시 되는 진이현과 절대 양립할 수 없는 대공자 남궁민이 있다는 위험부담이 그들에겐 더욱 크게 느껴졌을 테니 말이다.

하나 추측이 가능한 상황과는 별개로, 제갈건이 평소완 달리 아랫사람의 변명에 다소 쉬이 수긍해 준 것도 사실은 사실.

그렇다고 원래도 없었던 자비로움이 갑자기 샘솟았냐 하면 그건 아니고.

"죄송합니다. 다음에 올 땐 새로운 소식을 가져올 수 있도록 노력하겠습니다."

공손히 머릴 조아리는 사내가 제법 쓸 만해 보였기 때문.

지금과 같은 상황에서 당장 조치를 취해 제갈세가의 일을 담당해 이곳까지 눈에 띄지 않게 들어올 만한 능력을 지닌 이에 동조자가 더 있다는 건 꽤나 구미가 당기는 일이지 않나.

제갈건 자신이 만족할 만한 수준이야 될 수 없겠지만 아쉬운 대로 써먹을 만한 도구는 되지 않을까 기대했다.

"무리할 필요 없다. 상황이 좋지 않음을 알고 있으니."

그래서다.

원래의 제갈건이라면 할 리 없는 짓을 계속 이어 가는 건.

물고기를 낚기 위해 단 미끼 한 점을 바늘에 꿰어 툭 던져 넣는다.

차별이 차이를 낳고, 차이는 자신을 더 강하게 해주는 기반이 된다고 믿는 그였다.

차별하는 쪽이 차별당하는 쪽보다 우위에 서는 건 당연한 거고. 저가 손에 쥔 기득권을 지키기 위해선 한층 강하게 위와 아래를 분리해야 한다고 주장해 왔고 실제로도 그렇게 행동했다.

아랫사람에겐 따뜻한 배려보다 매운 회초리가 필요하고 훨씬 효율적이라는 데 주저 없이 고개를 끄덕일 사람인 것이다.

그러니 이게 깨달은 바가 있어 근본부터 달라진 거라면 제갈건에게 있어 새로운 삶을 열어줄 긍정적 변화라 할 수도 있겠지마는……

단순히 좋지 않은 상황에서 벗어나기 위한 방편의 하나로, 치졸하게 환심을 사기 위해 뱉어내는 타협안이라면 악취 나는 변질일 뿐. 다른 어떤 의미도 될 수 없으리.

가짜로 바꿀 수 있는 건 아무것도 없으니까. 하지만……

제갈건의 시선을 느꼈는지 사내가 조심스레 묻는다.

"다른 분부하실 일이라도……?"

"이름이 무언가."

"하정기라 합니다."

사내가 머릴 꾸벅 숙여 보이며 대답했다.

"오늘 자네 같은 이를 만나 다행이란 생각이 드는군. 내 훗날 자네를 잊지 않도록 하지."

급격히 커진 하정기의 눈동자에 제갈건의 얼굴이 담긴다.

"가, 감사합니다!"

조금 떨리는 목소리에 제갈건이 고개를 끄덕인 후 손을 까딱여 그를 가까이로 불러들였다.

하정기가 조심스레 거리를 좁혀 다가오자 제갈건이 입

술을 달싹여 나지막한 소리를 밖으로 흘려 낸다.

"네, 네. 알겠습니다."

주위를 살피며 대답을 이어가는 하정기의 목소리는 그보다 조금 컸다.

이윽고 할 이야기를 다 했다는 듯이 제갈건이 일자로 입을 다물자 하정기가 눈치 빠르게 상체를 숙여 인사를 한 뒤 발소리를 죽인 채로 밖으로 나갔다.

제갈건이 그의 뒷모습을 물끄러미 바라본다.

가짜가 바꿀 수 있는 건 아무것도 없지만, 그렇다고 거짓이 세상에 통하지 않느냐 하면 그건 또 다른 이야기.

굳이 마음을 움직이게 하지 않더라도 사람이란 족속은 본능적으로 셈을 하여 저에게 이득이 있는 쪽으로 몸이 따르게 하기 마련이었으니.

베풀어진 호의의 진위 여부보다 그것을 베푼 이가 제갈세가의 소가주인 제갈건이란 게 더 큰 영향력을 발휘할 것이다.

비록 지금이야 위기에 처해 있지만, 제갈세가는 천하에 손꼽히는 거대 세력 중 하나. 쉽게 무너질 리가 없었으니 금방 다시 일어나게 되리.

그렇게 생각하는 게 제갈건 자신 혼자뿐일 리가 없지 않은가? 그러면 뒤는 너무 당연해졌다.

하정기와 그가 언급했던 무리는 제갈세가에 은혜를 갚

기 위해서가 아니라 험난한 시기를 기회로 삼아 제갈세가에 손을 내밀고 평소엔 먹을 수 없었던 기름진 부위를 덥석 물어볼 요량으로 위험을 무릅쓰고 접근했을 터.

혹여 다른 문파나 가문의 사주를 받은 이중 간자라 할지라도 상관없었다.

이쪽에 제 구미에 당기는 게 훨씬 많다는 걸 알게 되면 언제라도 뒤돌아설 자들이 바로 그런 이들일 테니까.

"아직 끝나지 않았어."

제갈건이 저 스스로에게 각인시키듯 되뇌었다.

가주인 제갈인창이 미서(謎書)의 풀이에 집착해 정신을 빼느라 엉망진창이 된 무림맹을 자신이 온전하게 이전으로 돌려놓아야 했다.

어떻게든 마무리라도 제대로 맺어놔야 제갈건 자신이 저지른 뼈아픈 실패도 묻어 버릴 수 있지 않겠나.

가주인 제갈인창에게 남궁민까지 들먹여가며 밀어붙여 무리한 허락을 받아 일을 진행한 상황인 만큼 현재 제갈건의 입장은 아주 곤란해져 있었다.

비단 무림맹 내에서 제갈세가의 입지가 좁아졌음을 뜻하는 게 아니라 이가연합과 제갈세가 내에서 소가주로서 제갈건이 가졌던 권위가 심각하게 흔들리고 있는 걸 의미하는 것이다.

이대로는 위험했다.

제갈건 자신이 어떻게 이 자리에 오르게 됐는데. 절대, 절대 진창으로 추락할 순 없었다.

두근, 두근!

긴장하니 또다시 심장 소리가 귓가를 울린다. 이 소리는 다른 누구도 아닌 제갈건 자신이 살아 있다는 걸 뜻하는 고동인데도 불구하고 너무나 거슬렸다.

내부를 울리는 파동이 너무 커 머릿속이 아득해진 제갈건이 지그시 눈을 내리감고는 등 뒤로 감추고 있던 손을 꽉 말아 쥔다.

저도 모르는 새에 저번처럼 목을 긁어내려 상흔을 남길까 걱정됐기에.

동심회로 인해 생긴 화병이 제갈인창으로 인해 악화돼 갈수록 나빠진다.

제갈건의 입안이 바싹 말라붙었다.

한편, 제갈건의 처소에서 나온 하정기는 총관부가 아닌 다른 곳으로 방향을 잡고 걸음을 옮겼다.

그러다 이윽고 원하는 곳 앞에 서자 호흡을 가다듬은 후 주위를 슥 둘러봤다. 저가 이곳으로 들어가는 게 다른 이의 눈에 띄어 좋을 게 없었기 때문.

주변에 아무도 없음을 확인한 후에야 하정기가 움직였다.

"대체 어찌 된 일인고."

세상이 이렇게 순식간에 달라지다니.

총기 있는 제자들로 그득했던 이곳이 휑하니 비어지고 하루 종일 찾아오는 손님들로 조용할 날이 없었던 정문은 황량하니 지키는 이조차 없다.

쓸쓸이 주위를 훑다 장문인의 처소에 닿자 가경학의 탄식이 절망으로 변했다.

바로 저기에서 장문인이 난을 치고 가경학 자신은 웃으며 그분의 농에 대답을 했었다.

십 년 전도 아니고 오 년 전도 아니고. 그리 오랜 시간이 흐르지 않은…… 때에 말이다.

점창은 성세를 더해갔고 창창한 앞날이 기다리고 있을 거라 믿어 의심치 않았던 시기. 이제는 꿈만 같아 다신 돌아오지 않을 거 같은 과거가 돼 버렸지만.

"사라졌다."

모든 게.

장문인은 제자들을 버리고 혼자 도망친 비겁한 겁쟁이로 낙인찍혔고 제자들은 그런 장문인을 수치스러워하며 종적을 감추거나 본산으로 돌아가 폐관수련에 든다.

무림맹에 남아 있는 이들은 미련이 남은 게 아니라 완전히 자포자기해 무언가를 결정하고 행동할 힘조차 남아 있지 않았기 때문에 주저앉은 거였다.

그들은 바람이 불면 부는 대로 휘어지거나 꺾인 채로 휘청거리다 결국 갈기갈기 찢어지리라.

자기들을 이렇게 만든 동심회가 중도파를 회유한 뒤 이가연합까지 잡았으니 오죽하겠나. 거의 뽑혀 나간 뿌리를 한층 우악스럽게 잡아당겨 끊어 놓은 다음 패대기칠 게 분명했다.

이래서야 앞으로 점창이 다시 영화(榮華) 속에 향기를 뿜어낼 날이 다시 올 걸, 기대나 할 수 있을까?

동그랗고 앳된 청년의 얼굴 하나가 가경학의 머릿속에 떠오르는 순간 심장 깊숙이에서 분노가 치밀어 올랐다.

모든 것의 원흉이자, 시작.

치가 떨리는 노기에 그가 몸을 부르르 떨고 있을 때, 부스럭거리며 이곳을 향해 다가오는 기척이 느껴졌다.

"뭔가?"

이어질 만한 긴 말은 필요 없겠지.

무너져 가는 점창의 처소에 좋은 뜻으로 올 이가 누가 있을까.

가경학이 살기를 뿜어내며 몸을 움직이려는 순간.

"이가연합에서 왔습니다!"

위험을 감지했는지 급박한 외침이 들려왔다.

이가연합에서? 왜?

"넌 누구냐?"

"전 하정기라고 합니다. 제갈세가의 소가주님께서 보내셨습니다."

그의 대답에 가경학이 미간을 찡그린 채로 천천히 손을 내렸다.

들어갈 때와 마찬가지로 나올 때도 똑같이 조심성을 버리지 않은 하정기는 이번에도 저가 속한 총관부로 돌아가지 않았다.

그는 오히려 정반대되는 곳으로 다시 한 번 걸음을 내딛는다.

"두 번째는 청성이라고 하셨지?"

하정기가 혼잣말을 중얼거린다.

아직 제갈건이 맡긴 임무가 끝나지 않았기 때문이었다.

그리고 그 일들을 모두 마무리 짓고 나면 뒤엔 본격적으로 하정기 본인의 것도 처리해야 했으니. 최대한 빨리, 시간을 아껴 써야 했다.

하늘을 올려다봐 해의 위치를 확인한 하정기가 얼추 계산을 끝내고는 속도를 높였다.

"연락이 왔다고?"

"네."

"이전 건 마무리가 지어진 모양이로군."

다음 단계로 넘어가려 한다는 걸로 봐선.

"그런 듯합니다. 혹시나 했더니 역시나, 로 결론이 나는 바람에 김은 좀 샜지만 말입니다."

사군평이 제 코앞에 갖다댄 손으로 연기를 헤치듯 부채질을 하며 말했다.

인의회가 초린대를 잡고, 이가연합과 중도파가 동심회의 몸통을 틀어쥐었다면 자신들이 무림맹을 요리하는 게 한층 손쉬웠을 테니 아쉬울 만도 했다.

혈사방의 군사인 적설 사군평도 현 무림의 떠오르는 실세가 동심회라는 데에는 이견이 없었으므로.

"어쨌든 제갈건도 어지간히 급했나 보군. 자기도 미심쩍게 생각하는 위험한 물건을 남에게 내보이며 미끼로 내걸려고 드는 걸 보니 말이야."

"여기서 무너지면 제갈세가야 세가 약해지고 한동안 힘들어지더라도 훗날 재기의 기회를 노릴 수 있겠지만 제갈건은 다르겠지요. 그는 한 발 뒤로 물러나는 순간, 제갈인창에게 제거될 것입니다."

살아남으면 다행이요, 혹여 목숨을 부지하게 되더라도 다시는 지금의 위치에 설 수 없을 거라는 뜻.

그러니 저가 할 수 있는 모든 걸 탈탈 털어 넣어서라도 이것이 위기이지만 새로운 기회임을 증명해 내고 사람들을 선동해야 할 터. 하나 소가주라 해도 실권이 없던 제갈 건에겐 가진 게 별로 없었고 그나마도 제갈인창이 확실히 손을 쓰기 전에 이용해야 했으니.

뒤탈이 날 게 뻔했음에도 불구하고 쓸 수 있고, 쓸 만한 패가 '장보도' 뿐이었던 거다.

한 문파의 소가주로서 개인보다 가문을 생각했다면 절대 하지 못했을 짓을 제갈건은 서슴없이 저지른다.

위기에 처하면 숨겨진 본성이 드러난다고, 제갈건은 저가 가진 밑바닥을 고스란히 내보이며 살기 위해 허우적댔다.

이미 여러 번 세게 내리쳐져 쓰고 있던 가면에 쩍쩍 가 있던 금이 이제 완전히 쪼개져 제 기능을 상실한 채 그의 맨얼굴을 드러나게 한 거다.

그는 지금의 문제만 해결하고 나면 예전으로 돌아갈 수 있을 거라 굳게 믿고 있겠지만, 글쎄…….

추악한 본성과 마주하고도 이전과 같이 그를 대할 수 있는 이가 과연 얼마나 될까?

남에겐 잔혹한 괴물이 되면서 스스로에겐 인간적인 이중성이 괴리감을 불러일으켜 위화감을 줄 터.

"불쌍하군."

"역시나! 방주님께서 보시기에도 제갈세가의 소가주씩이나 되는 이가 발악하는 모습이 참으로 안쓰럽지요?"

갑자기 반색한 사군평이 강하게 맞장구를 쳤다.

듣고 있노라면, 꼭 이두원이 감정이 풍부해 남에게 동정을 표하는 일이 잦은 그런 사람처럼 생각되게끔.

만약 이두원과 사군평을 제외한 다른 누군가가 이 대전 안에 있었다면 저가 잘못들은 건 아닐까 싶어 몇 번이나 애꿎은 귀를 파대며 어쩔 줄 몰라 했을 그런 얘기가 분명했는데도, 저가 뱉은 것에 한 치의 거짓도 없다는 듯 당당한 태도로.

게다가.

"그래."

이두원 본인까지 아주 쉽게 동의해 버렸다.

혈사방주 이두원, 그가 누군가를 안쓰러워한다니? 혈사방은 물론, 무림의 누구도 믿지 못할 이야기였건만.

한데.

"우리 방주님께서 그렇게 생각하실 줄 알았습니다! 아무래도 우리가 도와줘야겠지요?"

그것도 아주 팍팍!

만족스러움을 표하며 한술 더 뜨는 사군평의 행동은 더욱 놀라웠고. 정점을 찍은 것은 바로⋯⋯.

"마음대로 하라."

혈사방주 이두원의 대답.

주인의 허락이 떨어지자 사군평이 얇고 붉은 입술을 혀

로 할짝대더니 눈을 가늘게 뜬다.

그 모습이 꼭 배가 잔뜩 부른 상태에서 눈앞에 나타난 쥐를 어찌 데리고 놀까 궁리하는 못된 고양이 같아 이두원이 피식 웃었다.

너무 잘 어울리지 않는가.

참을성이라곤 눈곱만큼도 없는 이두원 자신이 답지 않게 참고 있느라 상당히 인내심을 발휘하고 있다 여기고 있었는데…… 만날 성격 급한 방주님 모시느라 머리가 하얗게 샌다며 투덜대던 사군평이라고 해서 그리 다르진 않았던 모양.

하긴, 예상보다 꽤 시간이 지체되긴 했다.

이제 혈사방, 자신들이 나설 차례.

"그럼 그 아이를 내보내도록 하겠습니다."

사군평이 언급한 게 누군지 부연 설명 없이도 이두원은 단번에 알아챘지만 별다른 감정을 내보이지 않은 채로 고갤 끄덕였다.

어쩌면 정말, 아무렇지 않은 걸지도 모르지.

이두원에게 있어 중요한 건 한 줄기로 대를 이어 이어지는 핏물이 아니라 저를 알아보고 저가 선택한 천명(天命)!

그러니 서슴없이 친동생을 죽이고 그 피가 묻은 손으로 직접 조카를 강보로 싸매 건네주었겠지. 그렇게 빼돌려진 이원형은 운이 좋아 구사일생한 것처럼 꾸며진 다음 전대 혈사방주였던 이두원의 동생을 충직하게 따랐던 수하의 손에 맡겨졌고.

그 수하는 원형을 안은 채 곧장 환성에게로 향했다.

우연히 맺은 인연 덕에 제 주인과 막역지우(莫逆之友)가 된 관계(官界)의 실세인 환성이라면 원형을 잘 보호해 주고 키워줄 거라 믿었으니까.

사내의 판단이 틀린 건 아니었다.

분명 환성에겐 그럴 능력이 있었고 그는 할 수 있는 한도 내에선 이원형을 아끼고 사랑해 주었으니.

다만, 그가 그렇게 생각하게 된 인과 자체가 다른 누군가에 의해 만들어져 조작된 거라는 게 문제였고. 환성이 보였던 거나 알려진 바와 달리 지독하게 이기적이란 걸 몰랐다는 게 패착이었다.

물론 미리 알았다고 해도 소용은 없었겠지만.

일개인의 힘으로 막아서기에 그의 등을 떠미는 보이지 않는 손의 정체는 너무나 막강했고, 어떻게든 결국은 다른 수를 찾아내어 이원형을 험난한 운명의 소용돌이 속에 처박고야 말았을 테니까.

이원형은 처음부터 제물로 점찍어진 존재로, 환성이 이후 무림에 관심을 갖게 하여 세력을 형성한 뒤 혈사방의 힘을 노릴 수 있게 할 명분이자, 이두원을 도와 방주의 자

리에 오르게 했다는 미지의 세력에 관심을 갖게 할······
모든 것의 시작점을 여는 열쇠.

그러니 환성은 저도 모르는 새에 제 앞에 놓인 문을 열고, 통과하여 이미 만들어져 있는 길을 걸어 지금에 이른 것이라 할 수 있었다.

이두원은 거기에 한몫 단단히 한데다 직접적으로 실행하고 지켜 본 음모의 주최자 중 하나라고 해도 과언은 아닐 터.

조카에 대한 정이 먼지 한 점 만큼이라도 있었다면 하기 어려운 일들을 척척 처리하고 진행해 왔으니 개인적 감정을 논하는 자체가 오히려 새삼스럽다면 새삼스러울 일.

가장 가까이서 지켜본 사군평이 그걸 모를 리가 없으니 주저하지 않는다.

"그렇게 진행하도록 하겠습니다."

방 내에서 전대 방주님을 따르며 불온한 음모를 꾸미던 놈들은 예전에 이원형의 소방주 취임식 날 모두 제거했고, 연이 상단 쪽도 상단주가 물러나고 상단이 황태자 전하의 밑으로 들어가 통제받고 있는지라 이원형의 쓸모가 다했으니 마지막으로 크게 한 번 써먹고 버리기로 한다.

이두원은 이원형에 관한 건 이미 머릿속에서 지워진 듯 앞으로 펼쳐질 새로운 시대에 관심을 둔다.

"이제 시작이다."

혈사방의 방주 자리에 올랐을 때가 아니라, 지금이 이 두원이 기다려 왔던 첫 걸음.

어린 시절 가문을 등지고 나와 군대에 흘러들어 가 변방까지 가서 할 수 있는 걸 다 해 보아도 한낱 성질 더러운 백호에 불과했던 이두원을 직접 끌어 올려주어 무공을 가르치고 결국은 무림의 정점에 설 수 있게 해준 그분.

포악한 짐승 같던 이두원의 생애 아무것도 가진 게 없을 때 처음 받은 은혜는 각인과 같았으니, 아무리 이두원이라 해도 어찌 잊을 수 있을까.

그게 비록 차대 혈사방주로 내정됐던 동생이 혈사방주가 됐을 때 끌어내리고 무림말살대계를 진행하기 위한 하나의 포석에 불과했을지라도, 이두원은 상관없었다.

사람이든 짐승이든 할 거 없이 받은 만큼 갚는 게 당연한 이치라면, 이두원은 제 목숨과 저 자신 모두를 바친다 해도 모자라다 여겼으니까.

세상을 찢어발기는 거밖에 할 줄 모르는 이두원 자신과는 다르게 세상에 질서를 만들고 원하는 대로 만들어 나갈 줄 아는 존귀한 옥좌의 주인께라면.

짐승은 자신을 억누를 괴물 앞에 머릴 숙이는 법으로 자연스러운 복종이었다.

이두원이 잠시만 기다리라 달래었던 자신의 도 손잡이

에 음각된 문양을 다시 한 번 손끝으로 쓸었다.

도(刀)는 이두원 평생 떼어본 적이 없는 그것이지만 새겨져 있는 글자는 처음부터 있었던 게 아니다.

여기에 글자가 새겨진 순간부터 이두원은 다른 사람이 될 수 있었다.

검지 끝 마디를 스륵하고 긁는 음각의 예리함은 언제나 변함없이 말해온다.

진명(進明)!

밝음을 향해 나아가라고!

그러면 언젠간 돌아갈 수 있으리라. 이두원이, 또한 사군평이 원래 있어야 할 자리로.

무림이 아닌, 변방의 전장.

거칠게 말을 달려 수하들을 이끌고 앞으로 나아가 오랑캐를 도륙하고 그들의 뜨거운 피로 땅을 적시리.

자신은 황제 폐하께 승리를 받칠 장수가 돼 검붉은 땅에 그분의 표식이 수놓아진 깃발을 흔들며 내리꽂으리라!

이두원은 무림을 양분하고 있는 혈사방의 드높은 방주 자리보다, 그분의 장수로서 그분의 발치 아래 엎드려 절하고 그분의 뜻대로 도를 휘둘러 그분께서 원하시는 세상을 여는 밑거름이 되고 싶었다.

그분의 바람이 무림을 태우고 진명회가 우뚝 서서 천하를 바라보는 날, 이두원은 돌아가 황궁 앞에 서서 오체복

지한 뒤 그분이 나오시길 기다리리라.

그리고 지면에 이마를 맞대고 있는 제 뒤통수 위로 길게 그림자가 내려앉으면, 이두원은 외칠 것이다.

천하와 만물의 유일한 주인이신 황제 폐하께 충성을 바치겠노라고!

이두원의 나른했던 눈동자에 뜨거운 열기가 확 피어오른다.

시선을 마주하고 있던 사군평도 마찬가지.

그들은 비슷한 경로로 인해 같은 꿈을 갖게 된 자들로 사실 주종 관계라기 보다는 동지에 가까웠다.

살아갈 의미도 아무런 희망도 없었다가 천명(天命)을 받고 몸을 일으켜 생에 가치를 얻게 된 것.

두 사람 중 누가 먼저랄 것도 없이 동시에 흰 이를 드러내며 사나운 미소를 지었다.

무림을 난도질할 짐승들이 기지개를 쭉 편다. 본격적으로 난장을 피우기 전 잠시 호흡을 고르는 모양새로.

무림을 덮고 있는 암운에 파지직, 하고 노란 불꽃이 튀었다.

"흑, 흑……."

텅 빈 방 안을 울리는 작은 흐느낌.

이원형은 컴컴한 어둠 속에서 불안함에 몸을 떨며 하루

하루를 보내고 있었다.

"아버님…… 아버님……."

들리는 바에 의하면 양아버지였던 서경왕 주익이 반역을 기도했다 일이 틀어지는 바람에 책임을 지고 목숨을 내던졌다 했다.

의숙부인 환성도 일단 물러나 황궁에 머물며 폐하 곁을 지키고 있다 하니, 이제 이 무서운 곳에서 이원형을 지켜 줄 뒷배는 아무것도 없게 된 것이었다.

이럴 줄 알았으면 그때, 환성 숙부를 걱정하여 사 군사님을 뿌리치지 말 걸 그랬다.

이렇게 험한 곳에서 유일하게 자애롭고, 부드럽게 자신을 대해 주었었는데 그 뒤로는 자신을 못 본 척하고 차갑게 대해 말도 제대로 붙여 볼 수 없었다.

"소방주님."

그래서 밖에서 들려온 목소리에 처음엔 아무 반응도 하지 못했다.

"주무십니까?"

"아, 아니에요!"

침상 위에 엎드려 있던 이원형이 벌떡 일어나 대답했다.

문이 서서히 열리더니 사군평의 얼굴이 문틈 사이로 보였다.

이원형이 마른침을 꼴깍 꼴깍 삼킨다.

무슨 일로 여기까지 온 걸까? 혹시 걱정이 돼서?

"채비를 하셔야겠습니다."

"네?"

"혈사방을 나가서야 할 일이 생겼습니다."

사군평의 대답을 들은 이원형은 단번에 알아듣지 못하고 눈을 깜빡거리며 멍하니 서 있다.

"소방주님으로서의 역할을 하실 때가 됐다는 이야기입니다. 누가 뭐래도 혈사방의 소방주님은 당신이시지 않습니까."

사군평이 이원형의 어깨에 손을 올리며 부드럽게 속삭인다.

이원형의 눈이 커졌다.

第五章

황궁의 귀신!

"여긴가?"

작은 소리와 함께 허공에서 불쑥 튀어나온 얼굴이 주위를 돌아봤다.

"어, 어?"

멀리서 지나가다 우연히 고개를 돌린 소녀가 그 광경을 눈에 담고 놀라 하얗게 질렸다.

소녀가 저도 모르게 비명을 내지르려 입을 벌렸지만 이쪽을 향해 구르듯 날아오는 머리통의 속도가 너무 빨랐다.

소녀의 입을 덮은 손이 소리를 막고, 소녀는 몸을 비틀며 반항을 해보려 했지만 어느새 까무룩 정신을 잃는다.

"어휴, 큰일 날 뻔했네."

나타난 인형은 바로 진유청이었다.

녀석은 한숨을 푹 내쉬더니 축 늘어진 채 기절해 있는 소녀를 조심스레 부축한 채로 투덜댔다.

"어이, 어린 아가씨. 내가 더 놀랐다고. 알아?"

하필 거기서 나타나서, 진유청 자신을 발견하다니.

그래도 말과는 달리 걱정이 되긴 했는지 소녀의 안색을 꼼꼼히 살피더니 괜찮다는 걸 확인한 다음에야 안도했다.

녀석은 주위를 휘휘 둘러본 뒤 소녀가 깨어날 때 다치지 않을 만큼 안전한 장소를 물색한 다음 절절해 보이는 나무 기둥 아래에 등을 기대게 한 채로 앉혔다.

그리고 몸을 돌려 제 갈 길로 가려던 진유청이 멈칫했다.

아무리 별 탈이 없다곤 해도 자신 때문에 놀라 기절까지 했는데, 이러고 그냥 가기가 미안했던 탓. 검지로 볼을 긁적이던 유청이 품을 뒤져 달달한 군것질거리를 꺼내 소녀에게 다가가 손바닥을 펴고 올려놨다.

그제야 흡족한지 씨익 웃은 진유청이 종종걸음으로 사라진다. 그리고 얼마 뒤.

"헉!"

헛바람을 들이키며 눈을 번쩍 뜨고 깨어난 소녀가 대체 어찌 된 건지 기억을 더듬다가 저를 놀라게 한 귀신을 떠올리고 비명을 내지르려다가.

와작!

목청을 트기 위해 힘을 잔뜩 주고 말아 쥔 주먹 안에서 뭔가가 부서지는 소리와 함께 끈끈함을 느끼곤 때를 놓친다.

"뭐, 뭐지?"

겁먹은 얼굴로 불쾌한 것의 정체를 살피기 위해 손바닥을 펴자, 안엔 튀겨내 단 물엿을 입힌 과자가 산산조각 난 채로 부서져 있었다.

……이건, 대체?

어린 나이에 궁녀로 들어와 험한 꼴 참 많이도 본 소녀였지만 이렇게까지 어이없고 황당한 일은 경험한 적이 없었다.

귀신이 갑자기 튀어나와서는 과자를 손에 쥐어주고 갔다고?

넋을 놓고 있던 소녀가 다시 눈을 감고 나무 기둥에 등을 기댄다.

좀 더 이러고 있는 편이 좋을 거 같았다.

그리고 그 밤.

처음의 소녀 말고도 몇 명의 사람이 기절했다가 깨어난 뒤 제 손에 쥐어져 있는 걸 확인하고 눈을 깜빡이며 제 시력을 탓해야 했으니.

그나마 튀긴 과자나 산사나무 열매를 꼬지에 꿰어 물엿

을 묻힌 다음 굳힌 당호로 같은 것들은 억지로 이해라도
할 수 있었지만.

"이걸로 나 보고 뭘 하라고?"

순찰을 돌던 중 횡액을 당한, 금군에 속한 병사는 반들
반들 잘생겨 보이는 돌멩이 하나를 내려다보며 한참이나
고민해야 했다.

"유청아, 일어나라."

"우웅……."

"일어나래도?"

"조금만 더."

"대체 밤에 뭘 하고 돌아다녔기에 이렇게 늦잠을 잘
까?"

이경찬의 혼잣말에 유청의 어깨가 움찔거렸다.

하나 머리끝까지 뒤집어쓴 이불을 밀어내고 일어날 생
각은 여전히 없는 듯.

"그러게. 의심스럽군."

나채환의 짤막한 맞장구에 이경찬의 멈칫했다.

배신당했던 당사자인 유청이 아무렇지도 않게 대해 준
덕분에 찬기가 약간 가시기는 했으나 이전과는 확실히 다
르게 저를 보던 나채환이 다시 예전처럼 느껴졌기 때문이
다.

"간밤에 황궁에 웬 귀신이 나타나서 여기저길 들쑤셨다고 궁녀랑 금군 병사들 사이에서 소문이 떠들썩하던데 혹시 그거랑 연관이 있는 거 아닌지 몰라."

내용과는 별개로 말을 하는 이경찬의 목소리가 살짝 들떠 있다.

썩 기뻤던 모양.

채환이 받아주니 그렇게 좋으냐?

쯧, 쯧.

경찬의 속내가 손에 잡힐 듯 보여 유청이 작게 혀를 차는데.

"유청이, 너 정말 모르는 일이야?"

"응."

"진짜?"

나채환이 재차 확인하며 굼벵이처럼 침상 위에서 꾸물대는 유청을 툭툭 쳤다.

그것도 발로. 대체 왜 고운 손 놔두고 굳이 발을 들어 올려 차대는 건지!

강아지 시절도 다 지난 마당에 채환이 넌 아직도 손과 발의 구분이 안 되는 거니? 응?

경찬을 봐서라도 화기애애해질 뻔했던 분위기에 초를 칠 마음은 없었으나 계속 자는 척하기엔 구부정한 자세가 불편한 데다 계속 발로 밀어대는 채환을 참을 수가 없었다.

이불을 걷고 벌떡 상체를 일으킨 유청이 인상을 쓴다.

"아, 모른다니까! 모른다는데 왜 자꾸 나한테 그래?"

"너 같으니까 그러지."

"그러니까 왜 나 같은데?"

진유청은 고개를 빳빳이 쳐들었다. 이럴 때 수그러들면 지는 거다. 그건 꼭 내가 범인이요, 하고 이마에 써 붙이는 하수들이나 할 법한 짓이었으니까.

하지만.

"그 귀신, 머리가 엄청 크다더라."

돌아온 대꾸에는 반박할 말이 도저히 떠오르질 않았다.

씨발.

내가 머리통 작아진 지가 언젠데!

낭만도 보는 눈도 없는 삭막한 황궁 같으니라고! 사과의 뜻으로 선물까지 남겨 놓았건만 머리통 큰 귀신 취급이라니!

게다가 뻔히 진유청 자신이란 걸 알면서 아무렇지 않게 저런 소릴 뱉어내는 녀석도 문제.

천마는 무슨. 꼬랑지 털을 다 뽑아 버릴라!

눈앞에 벼락이 내리꽂혀도 눈썹 한 번 까딱하지 않을 기세였던 유청이 즉각 반응을 해 확 뒤집어엎으려는 순간 들려 온 두 번째 증거.

경찬이, 너. 니가 그렇게 아프게 뒤통수를 후려쳤어도 내가 봐줬는데 어떻게 또 이럴 수가!

"채환이 너도 들었구나? 그 귀신, 남녀차별도 심하게 한다더라. 놀라서 기절한 궁녀들은 나이가 많든 적든 하나같이 다 달달한 군것질거리나 비단 천으로 만든 손수건 같은 게 쥐어져 있었는데……."

힐끔, 진유청을 바라본 이경찬이 고개를 설레설레 흔들면서 말을 이었다.

"남자들에겐 쓰레기가 하나씩 놓여 있다더라."

차라리 그냥 가든지.

귀신도 사람 차별한다며. 이건 분명 여자에 환장한 불쌍한 총각 귀신이 분명하다는 소문의 뒷감당을 대체 어찌하려고?

이경찬과 나채환 두 녀석이 불쌍한 놈 보듯 저를 향해 안타까운 시선을 주자 진유청으로선 억울하기 짝이 없었다.

사내라고 하기엔 아직 앳되고 소년이라고 하기엔 너무 자라 버린 자신의 순수함이 왜곡되고 있음에 통탄한다.

아무래도 설명이 더 필요했던 걸까?

"생각해 봐라. 아무리 귀신이라고 무한정 주머니가 벌어지진 않을 테니 담겨져 있는 한정된 물건으로 모두가 기뻐할 수 있게 만들려 했던 노력이 느껴지지 않냐? 참으

로 다정하고 인기가 많은 게 분명한, 성품 좋은 귀신이 분
명해."

"지랄."

딴엔 진심이었던 걸 나채환이 가볍게 받아쳐 주자 진유
청의 얼굴이 와락 일그러졌다.

개(犬)나 말(馬)이나.

잘 자라나 뒤집어쓴 껍데기는 달라졌어도 본질은 같다
는, 득도(得道)에 마냥 기뻐할 수만은 없었으니.

저걸 콱 그냥 복날, 홍개 할아버지한테 데려가 버릴라!

아님 개방 총타에서 정교 삼촌에게 괴롭힘당하다 인생
무상(人生無常)의 깨달음을 얻어 정교 삼촌을 능가하는
상거지가 됐다는 소기에게라도.

"무슨 일이냐?"

대체 유청이 같은 녀석이 황궁에서 호기심을 가질 만한
게 뭐가 있을까?

이경찬이 침상 머리맡의 벽에 등을 기댄 채 앉은 모양
새의 유청 왼편에 자릴 잡으며 묻자 나채환이 그 반대편
에서 팔짱을 낀 채 두 사람을 내려다보며 고갤 끄덕였다.

"그래. 뭐, 찾는 거라도 있는 거냐?"

그렇지 않고서야 귀찮은 거 질색하는 유청이 누가 시키
지도 않은 짓을 먼저 할 리가……

"진짜…… 알고 싶냐?"

유청이 좌우를 돌아보며 은근한 어조로 물었다.

꿀꺽!

누구의 것인지 모를, 침 넘어가는 소리가 방 안에 울려 퍼진다.

나채환이 목을 빼 이경찬을 슬쩍 확인하니 녀석의 얼굴이 허옇게 질려 있었다.

하긴, 알려 달라고 조르면 놀려 먹기에 바쁘지 저리 나올 리 없는 유청이니 오히려 심장이 덜컹 내려앉았으리라.

그래도 알긴 알아야겠고. 솔직한 심정으론 모르고 싶을 테고.

지금 경찬의 머릿속엔 유청이가 얼마나 무시무시한 사고를 치려고 그러나 하고 각양각색의 폭죽이 마구잡이로 펑펑 터지고 있을 게 분명했다.

그 사실을 모를 리 없을 텐데도, 유청이 곧게 편 검지를 제 입 앞에 갖다대며 속삭인다.

"너희만 알고 있어."

역시나 기대를 저버린 적이 한 번도 없는 진유청이었다.

뭘 생각하건 자긴 그거보다 더 큰 똥을 쌀 수 있다는 듯이.

이런, 제기랄.

유청이 입술을 달싹임과 동시에 이경찬의 낯빛이 점점

썩어 들어갔다.

"폐하, 윤허해 주시옵소서."

황태자 주태민이 황제 주찬성 앞에서 머릴 깊숙이 숙인 채로 청한다.

그는 현재 세상에서 가장 하기 싫은 일을 하고 있는 상태로 아무리 아버지인 황제라 하나 저를 인정해 주지 않는 이 앞에서 아량을 베풀어 달라 아뢰어야 하는 자신의 모습이 수치스러웠다.

그러니, 진유청.

너는 내가 들은 만큼, 네가 네 입으로 얘기한 만큼 충분히 쓸모 있는 녀석이어야 할 게다.

그렇지 않으면 그 값을 톡톡히 치러야 할 테니까.

"태자, 너답지 않구나. 한 번 내린 결정을 번복하고 그거로도 모자라 내게 이리 청을 하다니."

어려서부터 지금까지 황제 앞에 매달리거나 어리광 부려 본 적이 없던 주태민이 먼저 머릴 숙였던 건 이제껏 별로 없었던 일로 일전 형부상서 이청강과 그의 아들 이경찬이 무림의 일에 연루 되 의혹을 샀을 때 나섰던 거 한 번 정도.

"송구스럽사옵니다."

"태자가 안 하던 짓을 할 때는 항상 형부상서의 자식이 끼어 있으니 참 신기한 일이로고."

황제 주찬성이 피식 웃으며 말했다.

하나 진짜 웃겨서 웃는 게 아니다. 건조하게 말아 올린 입꼬리엔 냉혹한 계산과 더불어 흐릿한 조소가 섞여 있었던 것이다.

"……제가 그랬사옵니까?"

애매한 긍정이다.

이미 두 가지나 사례가 있는지라 주태민은 섣불리 아니라 부정할 수 없었다.

황제 앞에서 뱉는 한마디는 그냥 말 한 마디가 아니라 저가 가고 싶은 장소를 향해 갈 수 있는 길을 차례대로 막고 있는 문을 열 각각의 열쇠와 다름없었으니.

바꿔 말하면 열쇠를 얻지 못하거나 부서트리게 되면 영원히 닫힌 문 앞에서 서성이거나 혹은 죽게 됐다.

"그렇다마다. 굳이 내가 지시한 것도 아닌데 먼저 나서서 무림의 세력인 동심회의 주요 인물을 인질로 잡은 뒤 이용하자고 하질 않나. 처음 할 일을 주니 의욕적으로 나서는 거 같아 일단 지켜보자 싶어 허락을 해준 게 얼마 되지도 않았는데 바로 그를 풀어주자고 하지 않느냐.

주찬성이 나른한 눈빛으로 태자를 훑었다.

쓸 만한 녀석이 아니라면 아들로 인정하지도 않았을 터. 허튼짓을 할 태자가 아니었다.

황제의 감이 말했다.

뭔가 거슬렸다. 이해되지 않는 상황은 즉각 답이 나오지 않는 불안정함을 초래해 어디로 튈지 모르는 공처럼 예상치 못한 결과를 불러오니까.

그때, 황태자가 저가 준비한 패를 던졌다.

"폐하께는 환성 숙부가 계시지 않사옵니까?"

황제의 시선이 제 옆에 앉아 없는 사람인 듯 조용히 차를 마시고 있는 환성을 스쳐 지나가 다시 황태자에게 꽂혔다.

"그런데?"

"제게는 경찬이가 있사옵니다."

"뭐라?"

"훗날, 제이대 연이 상단주가 될 제 사람 말이옵니다."

"제이대 연이 상단주라?"

"녀석이 원하는 건 무엇이든 해줄 것이옵니다. 그러면 녀석은 제게 수십 혹은 수백 배를 가져다줄 것이옵니다. 환성 숙부가 그랬던 것처럼 말이옵니다."

챙그랑!

"죄송하옵니다. 손이, 손이 미끄러져서 그만."

"이런, 다치진 않았느냐?"

황제가 환성에게 걱정스레 묻자 그가 고개를 젓더니 탁자 위로 엎어진 찻잔을 바로 세워 놓고는 몸을 일으켰다.

"저는 이만 들어가도 되겠사옵니까?"

"그래, 바람이 차졌으니 이제 후원에서 차를 마시는 건 그만해야겠군. 먼저 가게나. 나중에 따로 들르도록 하지."

"……알겠사옵니다. 그럼 두 분 이야기 나누시옵소서."

환성이 뒷걸음질 쳐 후원에서 사라진다.

휘청거리는 모습이 불안정했으나 아무도 섣불리 다가가 부축하지 못했다.

황제의 시야 안에 담길 부담감이 너무 컸으니까.

그사이 탁자 위가 정리되고 새로운 찻물이 따라지고 정적이 흘렀다.

이 적막함을 깰 수 있는 자격이 있는 이는 오직 황제뿐이었고 황태자는 처분을 기다린다.

그리고 다행히도.

"계속해 보거라. 재미있구나."

황제가 관심을 가졌다.

"친우를 배신하게 했고, 시험에 통과했사옵니다. 아마 앞으론 더 많은 걸 제게 빼앗기게 될 것이옵니다. 녀석의 친구와 가족, 인생 전부를 제 손아귀에 넣고 흔들면서도 저는 아무런 죄책감도 느끼지 못할 것이옵니다."

"그래서 동정해 달라? 마지막 한 번, 형부상서의 자제를 위해 베푸는 호의를 눈감아달라 이거더냐?"

황제의 목소리가 매서워졌지만.

"어찌 제가 그런 얼토당토않은 이야길 폐하께 올리겠사옵니까."

"하면?"

"경찬이는 그렇게 알 게 될 것이옵니다. 그 후에 형부상서와 동심회에서도 말이옵니다. 저는 경찬이를 위해 마지막엔 어쩔 수 없이 큰 이득을 포기하고 동심회주의 아들을 풀어준…… 녀석을 지극히 총애하는 황태자로 무림의 일에 있어서도 형부상서의 이가장과 인연이 깊은 동심회의 뒷배가 돼줄 수 있는, 그럴 가능성이 농후한 황태자가 될 것이옵니다."

인질을 들이대고 협박한 후 이익을 약속해 어쩔 수 없이 맺어지는 계약보다 큰 걸 손쉽게 얻어낼 수 있는 방법.

진심으로 마음을 사는 거다.

물론 황제가 그렇듯 황태자 또한 같은 진심을 보여줄 테니 그 안에 거짓은 없어 모두가 감쪽같이 속을 테지.

그건 황제 폐하, 당신도 마찬가지.

황태자 주태민의 눈동자에 깊은 어둠이 침잠했다. 그에 반해.

"하하하하! 하하하하!"

황제는 대소를 터트렸다. 아주 드문 일이다.

그는 너무 웃어 배가 아팠는지 상체를 약간 앞으로 수

그러며 탁자 위에 팔을 기댔다.

조금, 숨이 찬 듯.

"폐하, 옥체를 생각하시옵소서."

갑작스런 감정 변화가 걱정된 대내총관태감 양선모가 조심스레 아뢰는 말에 황제가 괜찮다는 듯 한 손을 들어 그를 막았다.

"괜찮다. 자식 키우는 재미란 게 느껴져서 그랬다. 태자 덕분에 살면서 느껴 볼 날이 올 줄 생각도 못했던 걸 종종 알게 되는구나. 황후 말이 옳았어. 낳고 보면 어여쁠 때도 있고 귀여울 때도 있을 거라더니 요즘 네가 나를 즐겁게 해주는구나."

황제의 이야기에 황태자가 눈을 내리깐다.

자신은 이제야 자식이 귀여울 수도 있다고 태연히 말하는 아버지가 너무 기가 막힌데 저 사람은 그조차 신기해한다는 게 참······

하긴, 새삼스러울 게 무어냐.

몰랐던 것도 아닌데.

"네 뜻대로 해보아라. 이번만 더 넘어가 주도록 하지."

황제의 허락이 떨어졌다는 사실만이 중요했다.

"감사하옵니다. 폐하. 폐하께서 남기신 업적을 제가 이어 나가겠사옵니다. 단 한 점의 누락도 없이 고스란히 폐하의 낙인을 찍어 후대로 넘길 것을 맹세하오니 부디 잘 이끌어 주시기 바라옵니다."

주태민이 입에서 나오는 말과는 다르게 불끈 쥔 주먹을
소매 속으로 숨겼다.

"태자는 아직 어리군."

황태자가 물러난 후 혼자 후원에 남은 황제가 찻물로
입술을 축이며 중얼거렸다.

아무리 저 잘난 듯 저러고 다니지만 황제 자신의 저맘
때를 떠올려 보면 비교되는 게 너무 많았다.

"저렇게 휩쓸리다간 크게 다치겠어."

어떻게든 마음을 얻어야 하는 건 맞지만, 방법이 틀렸
다.

"어찌 신하와 밀고 당기기를 하려 들까. 신하란 제 손
에 들린 양날의 검인 것을."

계속해서 앞을 향해 휘두르길 멈추지 말아야지, 끌어안
으려 들었다간 저가 다치게 된다는 걸 어찌 모르고.

개의 머리 위에 손을 대고 있는 건, 달래고 어르기 위
해 쓰다듬어 주기 위해서가 아니라. 숨통이 끊어지면 안
되니 일부러 잔뜩 죄어 놓은 목줄을 손가락 한 마디씩 늘
려 주는 은혜를 베풀기 위함이오.

필요한 때에 적절히 목줄을 풀어 적의 숨통을 물어뜯을
순간을 알려주기 위해서란 걸…….

알려줄 필요는 없겠지.

태자는 험한 일을 겪을 필요가 있어 뵀으니까.

황제인 자신이 좋은 충고를 해주었음에도 여전히 제 힘으로 뭔가 해보겠다며 끙끙거리는 모양새가 썩 유쾌하지만은 않았던 것.

사상누각과 같았던 무림맹을 하나로 뭉치게 한 구심점인 동심회로 인해 그들이 갈수록 단단해지자 앞으로의 일이 예측보다 험난하겠구나 싶던 차에 동심회를 흔들 수 있는 인질이라며 진유청이란 청년에 대한 이야기를 태자가 들고 왔으니. 어찌 되나 놓아두어도 상관없을 듯해 구경이나 해보자 했었는데…….

그걸 다른 방향이 낫겠다며 방법을 선회하고 황제인 자신에게 실수를 인정하고 새로이 허락을 받기 위해 또다시 알현을 청한 황태자의 행보가 너무 직접적이라 거슬린 거다.

환성이 일선에 나설 마음을 먹기까지는 황태자의 독주가 지속될 테니 넘치기 전에 깨주는 것도 괜찮으리.

어차피 하나에서 열까지 황제의 손으로 만들고 이룩한 뒤 넘겨줄 이 나라를 위해 태자가 해야 할 건 없었다.

지금껏 수많은 황위 계승권자들이 그래 왔듯 옥좌를 차지하거나 지키기 위해 흘려야 할 피나 땀도 네게는 필요치 않으니.

감사해라.

그리고 네 어미인 황후처럼 황궁의 한 부속물이 돼 살아가라.

그러다 네 시대가 오면 그제야 숨을 크게 내쉬어라. 하나 안심하진 마라.

내가 네게 물려줄 게 황제 자리만은 아닐 테니까.

황제의 사람에게서 이어진 또 다른 이들이 태자를 감시하며 그가 선대의 뜻을 잘 이어가는지 눈 똑바로 뜨고 지켜볼 테니.

태자는 원하든 원치 않든 주찬성이 만든 역사를 지켜나가야 하리.

어쨌거나 말이다…… 그 이야긴 참으로 인상 깊었다.

"제이의 연이 상단주라? 하하하. 환성과 같은 이가 세상에 또 있을 거라고 보느냐. 아니면 태자, 네가 그만한 충성을 받을 수 있는 황제의 재목이라 자신하는 게냐?"

의제는 자애로운 얼굴을 한 악귀요, 황제인 자신은 그 악귀를 불 바닥 위에서 춤추게 하기 위해 들판에 연기를 피운다.

아무리 뜨겁고 매워도 악귀는 제 모든 것인 들판을 떠날 수 없고, 사나운 까마귀'떼를 불러 모아 타죽은 시체를 파먹게 하여 살 찌우는 황제는 계속해서 세상을 태우고.

들판은 넓어지고 하늘은 잿빛으로 변한다.

주찬성의 천하는 아름답지 않다.

하나 그렇기에 그가 황제가 될 수 있었고, 자신의 나라를 지켜 나갈 수 있었으니.

추하다 하여 어찌 가치가 없을까.

혼자가 되니 황제가 미소 짓는다. 이번엔 진짜 그의 본모습이었다.

황제의 궁을 나서던 주태민이 미간을 찌푸렸다.

"내 말이 너무 가벼웠군."

자책한다.

황제 앞에서 뱉은 것들 때문이 아니다. 궁 밖에서 자기를 기다리고 있을 이경찬이 떠오른 탓이었다.

일전 이 안에 들어설 때 막아서는 대내총관태감 앞에서 똑똑히 들으라는 듯이, 그가 있어야 할 곳은 자신의 옆이라 했었는데. 그게 얼마나 지났다고 주태민은 일부러 이경찬을 밖에 떨어트려 놓고 혼자 들어간 거다.

자신의 주청을 들은 폐하가 이경찬을 언급할 게 뻔했으니 혹시 앞에 대면하고 있다 화가 그쪽으로 번질 걸 저어한 탓.

그럼에도 주태민이 스스로 경각심을 높인 건, 그가 다른 이들에게 엄격한 잣대를 들이대는 만큼 자기 자신에겐 그보다 더한 채찍질을 하는 사람이기에.

우두머리는 모든 걸 누릴 권한이 있고 그것을 누려야 하며 대신 그만한 책임과 능력을 발휘해야 한다고 믿었다.

"음? 저건……?"

주태민이 고개를 갸웃거린다.

전면 삼, 사 장 거리에 서 있는 이는 이경찬이 분명한데 그 곁에 함께 있는 사람이 너무 의외였던 탓이다.

"환성 숙부가 왜?"

불쾌한 동병상련을 느꼈다고 해서 사이가 가까워질 리가 없었으니 주태민의 최측근인 이경찬과 황태자의 최측근인 환성 두 사람의 대화가 심상찮게 느껴지는 건 어쩔 수 없는 일.

황태자가 다가가자 이경찬의 분위기가 바뀌고 그걸 눈치챈 환성이 뒤도 돌아보지 않은 채 이경찬에게 작은 인사를 남기고 가던 길을 마저 갔다.

아무래도 황태자와 다시 얼굴을 마주해야 하는 번거로움을 피하기 위해서인 듯.

"예나 지금이나 날 싫어하는 건 여전하시군."

물론, 주태민도 환성을 싫어하는 건 똑같았지만 말이다.

"나오셨습니까, 전하."

"뭐라더냐?"

"그게……."

"왜? 내게는 하기 어려운 말이더냐?"

이경찬이 말끝을 흐리며 머릴 긁적이자 황태자가 인상을 굳혔다.

"아닙니다. 그냥 저분께서 왜 그런 말씀을 하셨는지 이해가 되질 않아서 말입니다."

"대체 무슨 말씀을 하셨기에?"

"도망치랍니다."

"뭐?"

"사람답게 살고 싶으면 당장 황궁에서 나가서 동심회의 등 뒤에 숨으라고 했습니다."

그리도 다신 북경 근처엔 얼씬도 말라고.

황제는 인신(人神)으로 하늘을 대신해 천하를 다스리지만, 그 천명을 받드는 자신들은 사람인지라 인과를 이기지 못해 말로가 편치 못하다 했다.

"환성 숙부가 그런 말씀을 했다 이거지."

경찬이 제이의 연이 상단주가 될 거란 얘기가 그토록 충격적이었던가?

동요시킬 의도가 없는 건 아니었으나 이만할 줄은 몰랐다.

어쩌면……

"후에 조용히 숙부를 찾아봬야겠군."

"은밀히 경로를 알아보도록 하겠습니다."

경찬이 대답하자 고개를 끄덕여 보인 주태민이 황제의
궁에서 멀어진다.

그러다, 아아.

턱을 치켜 올린 주태민이 작게 신음성을 흘렸다.

잊었던 게 있었던 까닭.

"그래, 그 녀석에게 간밤의 일에 대해선 물어봤느냐?"

환성 덕분에 조용히 넘어가나 싶어 안도하고 있던 이경
찬이 움찔하여 제자리에 선 채로 곤혹스러워한다.

앞서 걸어가던 주태민이 잠시 움직임을 멈추고 고개를
돌려 이경찬을 빤히 바라봤다.

"좀 전에도 미적지근하게 굴더니만 또 그러는군. 내게
할 얘기가 없는 것이냐? 요즘 유청, 그 녀석과 어울리더
니 점점 얼이 빠져 다니는 거 같아!"

"……송구스럽습니다."

"됐다. 정말 송구스럽거든 입으로만 나불대지 말고 다
음엔 그러지 않도록 해라. 그리고 내가 같은 말을 두 번
하지 않도록 신경 쓰는 것이 네가 해야 할 일이다."

"명심하겠습니다."

차마 얼굴을 들지 못한 이경찬이 호흡을 고른 다음 빠
르게 말을 이었다.

"유청이 찾는 건, 황제 폐하의 처소라고 합니다."

"폐하의?"

"네. 확실히 그렇게 들었습니다."

이경찬은 자꾸만 목이 타 바짝 마른 입술을 윗니로 짓씹었다.

이상한 게, 한마디 한마디 뱉어낼 때마다 공기 대신 뜨거운 불을 한 바가지씩 집어 삼키고 있는 거 같았으니까.

이경찬을 향했던 시선을 다시 정면으로 돌린 주태민이 발을 내딛어 속도를 내기 시작했다.

가만히 서 있던 이경찬과 주태민 사이의 거리가 조금씩 벌어진다.

그러다가 조금 뒤.

이경찬은 주태민의 보폭이 약간 느려짐을 느끼곤 얼른 달려갔다. 뒤가 빈 것을 느낀 황태자가 자신을 기다리고 있는 거란 걸 아니까.

이경찬이 다가가자 주태민이 저가 언제 그랬냐는 것처럼 빠르게 앞을 향해 나아가며 지나가는 투로 입을 열었다.

"네가 가르쳐 주어라."

"……알겠습니다."

아슬아슬하게, 주인께 또 한소리를 듣기 직전 이경찬이 대답을 끝마쳤다.

"어렵진 않겠지? 지금 되돌아가고 있는 길을 그대로 읊어주면 될 테니."

아니, 아무래도 조금 늦기는 늦었던 모양.

심기가 약간 불편해지신 듯. 티가 났다.

"염려 마십시오, 전하. 잘 전해주도록 하겠습니다."

주인이 원하신다면 이경찬은 주저하지 않을 것이다.

"나쁜 놈."

어렸을 때 한 번 난리가 났던 이후론 오만하고 잘난 척하는 성격도 다듬어지고 반듯하고 착하게 자라서……

음침한 진호나 덜 떨어진 무진과는 다르게 걱정을 안 시켰던 녀석이 경찬이었다. 채환이나 한수처럼 모난 구석도 없이 깔끔하고, 오현이처럼 제 풀에 주눅 들어 눈치 보는 일도 없던 녀석.

황궁의 험난함이 강호 못지않아 그게 우려됐지만 잘해나가겠지 싶었는데.

너, 기대 이상 필요 이상으로 너무 잘 헤쳐 나가고 있는 거 같다. 경찬이, 이 자식아.

"궁금해 한다고 진짜 넙죽 가르쳐 줘?"

똥인지 아닌지 찍어 먹어 봐야 알겠다고 하면, 직접 입에 처넣어 줄 기세가 아닌가.

한수보다 이상하며, 한수보다 친절한 경찬이라니. 북경물이 이렇게 나쁜 줄 알았으면 끌고서라도 하남으로 데리고 내려갈 걸 그랬다.

입맛을 다신 유청이 눈앞에 보이는 전각을 응시했다.

여길 찾겠다고 오밤중에 혼자 귀신 놀이를 한 걸 생각하면, 참······.

사실 처음엔 혼만 쏙 빼내 황궁을 돌아볼까도 했었다. 이제 웬만큼 조절이 가능해졌으니까.

한데 쓰면 쓸수록 너무나 자유로워지고 세상과의 경계가 무너지니 그게 걱정이 됐다. 그 능력 자체가 위험한 게 아니라, 유청 자신이 거기서 빠져나오지 않고 싶어질까 봐서가 문제가 된 것.

그렇다고 한정된 공간 안에 온갖 인간군상이 즐비한 황궁에서 한 번 제대로 보지도 못한 황제의 기운을 읽고 딱 집어내는 것도 어려운 일이고. 결국 몸으로 때우기로 하고 움직였다가 소동을 만들었다.

그나마 침입자가 아닌, 여자에 환장한 총각 귀신이라고 소문이 난 덕에······ 이런 어이없는 사건을 윗분들이 아시게 되면 일하기 싫어 꾀부린다, 불길한 소리를 한다 하여 경을 칠까 걱정한 궁녀와 금군 병사들이 자기들끼리 쉬쉬해 아랫것들 사이에서만 도는 이야기가 돼 다행.

경찬이 알게 된 건 정말 우연으로, 입궁해 황태자의 궁으로 가던 녀석이 중간에 꺄르르 웃으며 수다를 떠는 궁녀들 무리를 만나 마주 웃으며 무어 그리 즐거운 일이 있었냐고 인사치레로 물었다가 얻어 걸린 거였다.

경찬이 말을 걸어주자 복숭아빛으로 얼굴을 붉힌 궁녀
들이 서로 눈치를 보다가 그중 한 소녀가 나섰고.

눈앞의 두 청년 중 하나는 무슨 얘길 해도 자기들을 추
궁할 리 없는 온화한 풍류공자요, 다른 하나는 거칠지만
잘생기고 황태자 전하의 총애를 받는 견성으로 남의 일에
전혀 관심이 없는 인물이 아닌가.

물꼬가 트이니 그 뒤엔 콸콸 쏟아질 일만 남아서. 둘에
게 잘 보이고 싶은 궁녀들이 이내 서로 경쟁하듯 재잘대
간밤의 이야기를 풀어냈다……고 한다.

자신의 조금 큰 머리와 소소한 선물이 아가씨들을 즐겁
게 해줄 수 있었다면 뭐 그리 억울한 건 아니지만……

그 이야기가 경찬이 녀석에게 흘러들어 간 과정이 상당
히 마음에 들지 않았다.

안 그런 척했지만 쓸데없이 궁녀들의 반응까지 세세히
묘사한 걸로 봐선 경찬이 녀석도 자랑하고 싶은 생각이
조금도 없었다곤 못하겠지.

"쳇."

인기 많은 놈들은 언제나 자신에게 승부욕을 불러일으
켰다!

비록 연전연패(連戰連敗)로, 뭐든 특별했던 진유청은
그런 쪽으로조차 특이해 눈에 띌 정도로 여자에게 인기가
없었으므로 싸움의 대상으로 고려조차 되지 않았지만 말

이다.

"아, 됐어, 여우."

넌, 나오지 마.

털 날린다, 꼬리가 아홉 개나 되니 당연한 거겠지만!

요럴 때 꼭 머릿속에 삐죽 등장하는 혜아의 얼굴은 대체 왜일까?

입맛을 다신 유청이 거부했음에도 저절로 그려지는 그림을 지우려는 듯 손을 눈앞에서 까닥거린 뒤 주위를 살폈다.

집중해야 하니, 방해하지 말라 인상을 쓰자 낭창낭창 휘감기던 여우 꼬랑지들이 스르륵 사라진다.

항상 때와 장소를 잘 가리고 사리분별이 뛰어난 원본 여우를 닮았는지 상당히 똑똑한 환영들이다.

"후우."

호흡을 고른 유청이 고개를 들어 정면의 으리으리한 전각을 응시했다.

저 안에, 천하에서 가장 흉포하고 두려운 괴물이 있다 이거지?

유청이 제 기운을 죽여 공기 속에 녹여낸다. 어둠과 동화돼 은밀히 움직이는 유청을 잡을 수 있는 이는 천하에 없으리.

"오늘 밤은 바람이 기분 좋네."

청량하게 스쳐 지나가는 한 줄기 기운을 착각한 금군 병사들과 금의위들의 얼굴이 평온해진다.

　　그렇게 몇 번 들숨과 날숨이 교차된 쯤. 검은 인형 하나가 아무에게도 들키지 않고 황제의 침소로 숨어들어 갔다.

第六章

작별!

침소로 들어선 진유청은 거대한 침상의 발치에 서서, 누워 있는 이를 내려다봤다.

창문을 통해 길게 드리워진 나무의 그림자가 비단 천 위를 검게 수놓는다.

"이 사람이 황제, 이 나라의 주인."

진유청이 작게 혼잣말을 뇌까렸다.

저가 과거부터 시작해 다시 태어나 겪었던 일들 뒤에 숨어진 모든 음모에 이 사람이 있었다니.

미친놈이 힘을 가지면 세상이 어떤 꼴이 되는지 여실히 보여주는 듯.

하나 이 사람의 시대에 백성들은 윗사람을 두려워하고

땅에 납작 엎드린 채 살아가야 했지만…… 배곯는 일은
없었다.

따스한 선정을 베풀진 않았으나 유능했고, 황제 본연의
임무에 충실해 칭송받았다.

적이지만 대단하다.

진유청이 황제의 처소를 찾은 건 그 잘나신 낯짝을 구
경이나 한 번 해보려 함이었다.

대체 얼마나 끔찍한 괴물이기에 그렇게 무시무시한 계
획을 짜고 실행에 옮겼는지 확인이나 해보려고.

그리고…….

"누구냐?"

헉!

잠들었던 황제가 뒤척이며 나직하게 뱉어낸 말에 유청
이 재빠르게 몸을 허공 위로 띄워 감췄다.

황궁의 고수들도 전혀 감지하지 못한 유청의 존재를 무
공도 모르는 황제가 알아챘단 말인가?

유청이 재빠르게 몸을 허공 위로 띄워 감췄다.

상체를 일으킨 황제가 주변을 돌아본다. 그에게서 피어
오른 위압감이 주변 공기를 내리 누르며 번졌다.

유청은 자연스럽게 흘러가던 흐름이 일순 멎고 황제를
중심으로 하여 펼쳐지는 인과를 봤다.

제 눈으로 확인하니 좀 더 명확해진다.

"폐하? 무슨 일이라도 있으시옵니까?"

"아니다."

황제가 귀찮은 듯 대충 대답한 뒤 위사들을 물렸다.

정말 위험이 감지됐다면, 천정에서 대기하고 있는 인간 단지들이 모를 리가 있겠나 싶었던 것이다.

인간단지는 황제의 비밀 호위무사들 중 한 부류를 부르는 속어로 주인의 가장 개인적인 공간인 침소와 다른 몇 곳을 지키는 특수한 부대로.

어린 시절 손끝으로 읽는 암호를 익히게 한 뒤 일부로 눈과 귀를 멀게 하여 주인의 비밀을 완벽히 지킴과 동시에 다른 신경을 차단해 몸으로 느끼는 기감만을 극대화한 이들이었다.

그들은 보거나 들을 수는 없지만 저가 맡은 장소 안에서 살기가 느껴지는 순간 즉각 반응해 몸을 내던지는 임무를 맡고 있었다.

그리해, 인간단지. 오로지 황제를 위해 재단된 도구들.

"흐음."

단잠을 자다 깨어난 게 기분이 나빴는지 황제가 미간을 찌푸리며 양어깨를 뒤로 쭉 당겼다가 느슨하게 풀어줬다. 그가 다시 침상에 몸을 눕히면서 피식, 웃었다.

그리곤 말한다.

"귀신이라도 이 땅위에 묻혀 존재하는 한 나의 백성이

란 건 변함이 없으니 저 세상에서 끌려 나와 다시 목이 베여 혼백마저 사그라지고 싶은 게 아니라면 황제에 대한 예의를 다 하라."

그 다음엔 차례를 기다려야지.

황제에게 원한을 가진 혼 따윈 궁을 가득 메우고도 넘칠 정도이니 제 순번이 돌아오려면 한참 기다려야 할 테지만.

허공을 향해 나른한 손짓을 팔랑거리며 보낸 황제가 베개에 기대 눈을 감는다.

귀신에게조차 황제에 대한 예의를 지키라 하는 저 오만함이라니!

진유청은 황제를 덮은 선연한 붉은 기운이 그의 것인지 아니면 자신의 것인지 알 수 없어 조금, 당황했다.

살기(殺氣)다.

황제의 비밀호위 무사들이 반응하지 않는 걸 보면 일반적인 살기와는 다를지 몰라도, 진유청이 느낀 건 저 사람을 죽이고 싶다는 미움이었다.

과거엔 사람을 여럿 죽여 본 적도 있고 현재도 피 보는 걸 두려워하지는 않는다.

다만 한 사람을 죽이는 건 하나의 세상을 파괴하는 거란 걸 알게 됐기에 최악의 상황이 아니면 그러지 않아야겠다고 다짐했을 뿐.

한데, 말이다.

눈앞에 과거부터 지금을 한 번에 잇는 악의 근원이 있다. 자신의 가장 큰 적이자 무림을, 그리고 천하를 피에 젖게 할 악마.

진유청의 손가락이 꿈틀거렸다.

이 손을 움직이면 저자를 죽일 수 있다.

자신이 황제의 궁을 찾고 있었다고 했을 때 나채환이 쌍욕을 했던 이유이자, 이경찬의 안색이 썩어 들어간 까닭.

황태자 주태민이 자신에게 이곳으로 오는 길을 알려준 게 모두 하나로 통했다.

말아 쥔 손끝이 손바닥 안을 찌르고. 진유청이 입술을 질끈 깨물었다.

황태자 주태민은 제 방 처소 탁자 앞에 앉아 있었다.

열린 창 밖에서 새어 들어온 달빛이 희뿌옇게 내려앉아 어둠의 경계를 삼킨다.

사위가 고요하고, 적막이 이어졌다.

그러나 주태민은 계속해서 기다렸다.

변화가 찾아오기를. 그리고 그것이 자신이 원하는 바람과 맞닿아 광명(光明)을 맞이하게 되기를!

차가운 눈동자에 열기가 스미자 주태민의 전신에서 제

아비인 황제와 같은 기운이 피어오른다.

그것은 무공이나 학문으로 익힐 수 있는 것이 아닌 태어날 때부터 선택된 자만이 뿜어낼 수 있는 기질로, 그들에게는 숨 쉬는 것처럼 자연스레 뿜어낼 수 있는 것.

쏴아아아!

갑자기 비가 내렸다. 미끈한 물 냄새가 희미하게 피어올라 코끝을 스친다.

주태민이 자연스레 창가로 고개를 돌렸다.

어느새 달을 감춘 구름이 빛 대신 빗줄기로 어둠을 긁어 내렸다.

주태민의 시선이 창밖의 한 점을 향해 꽂혔다.

빗방울을 튕겨내며 원래부터 거기 서 있던 것처럼 미동도 없이 존재하고 있는 인형에게로.

"의외군."

"그래도 혹시나 해서 창문을 열어 놓으신 거 아닙니까?"

주태민은 부정하지 않았다. 녀석이 훌쩍 창틀을 넘어 안쪽으로 들어왔다.

잠깐 사이 흠뻑 젖은 건지 녀석이 철벅거리며 걸음을 내디딜 때마다 바닥이 흥건해졌다.

태연히 황태자의 처소를 더럽히는 뻔뻔함에 주태민의 눈썹이 꿈틀거렸다.

"쯧."

구구절절 뭔가를 설명할 필요가 없어 좋다는 걸 제외하면, 딱히 마음에 드는 구석이 없고.

가끔은 그마저도 너무 예리해 사람을 기분 나빠지게 하는 녀석이었다.

주태민의 쏘아보는 눈빛이 살벌하자 유청이 어깨를 으쓱거렸다.

"아무리 제가 미워도 너무 그러지 마십시오. 이제 헤어지면 다신 못 볼지도 모르는데."

"그러게 말이다. 어차피 그 정도 사이인데, 그게 뭐 대수라고 내가 하고 싶은 걸 참을까."

"네, 네. 그럼요. 어련하시겠습니까?"

유청이 탁자 앞으로 가서 안쪽에 놓인 의자를 뒤로 끌어낸 뒤 엉덩이를 걸쳤다.

축 처진 어깨가 피곤해 보였다.

주태민은 진유청이란 천둥벌거숭이 같은 녀석을 본 이후 저런 모습은 처음이었다.

뭐라 더 쏘아붙이려 했던 그가 미간을 찌푸리며 하려던 말을 바꿨다.

"할 일이 있다더니, 잘 끝마쳤느냐?"

"……덕분에."

"내가 한 게 뭐가 있다고. 다 네가 한 것이다."

"압니다. 그러니 문제가 될 만한 일은 만들지 않았습니다."

황태자, 당신이 기대했던 사건 따위는 벌어지지 않았다는 뜻입니다.

진유청의 맑은 눈이 주태민을 직시했다.

"아아, 그랬군. 잘했다."

주태민은 아무런 표정 변화 없이 대답했다. 누가 보면 정말 조금의 관심도 없었던 일에 대해 이야기하는 것처럼.

하지만 진유청은 아랑곳하지 않았다.

"정말로, 제가 거기서 그분을 죽이길 바라셨습니까?"

"허어. 무슨 말도 안 되는 소리를! 네가 큰일 날 소릴 하는구나!"

"아닙니까?"

"그래, 절대 아니다. 동심회와 손을 잡은 건 내 입지를 공고히 해 이리저리 떠미는 대로 끌려가는 배가 되지 않기 위함이지, 반역을 꾀함이 아니다."

사지가 꺾인 황제가 순순히 옥좌에서 제 발로 물러나 주기만 한다면, 말이다.

그게 가장 소동 없이 황위를 건네받을 수 있는 방법이었다.

"알겠습니다. 그리 여기고 이대로 조용히 물러나도록 하겠습니다."

진유청이 주저 없이 탁자에서 일어나려는 순간.

"그분이 죽기를 바란 적은 없지만! 궁금하긴 하구나…… 네가 왜, 그분을 죽이지 않았는가는."

귀에 들려온 주태민의 목소리에 진유청이 반쯤 떨어졌던 엉덩이를 다시 의자 위에 붙였다.

"그렇지 않느냐. 네 말마따나 무림말살대계를 펼치고 있는 모든 음모의 근원이 폐하이시라면, 그분이 사라짐과 동시에 가장 큰 적이 사라지는 것과 같으니 말이다."

이어진 내용에 진유청이 고갤 끄덕였다.

맞았으니까. 마지막에 마지막까지 고민했던 부분이기도 했고.

한 사람의 목숨으로 천하를 구할 수 있다면 진유청 자신이라도 내놔야 하나 땀 삐질 흘리며 고뇌하는 척이라도 했어야 했을 텐데, 하물며 좋은 인연 한 올 없는 미친놈이란다.

심장이 뜨거운 사람이었다면 주저 없이 칼질을 했을지도 모르지만!

진유청은 그러지 않았다. 아니, 정확히 얘기하자면 하지 못한 것.

"그분이 그렇게 사라지게 되면 천하가 혼란에 빠지게 될 겁니다."

"그게 무슨 상관이냐? 내가 그 자리를 대신할 텐데. 나의 능력을 믿지 못하느냐?"

"황궁은, 그렇겠지요. 하나 무림은 어쩌시렵니까? 태자 전하가 황위에 올라 자리를 굳히느라 신경 쓰시는 동안 폐하께서 만들어 놓은 세력이 목표를 잃고 무림에 풀려 사달이 일어나면 말입니다."

"폐하께서 살아계셔도 어차피 훗날 벌어질 일 아니냐."

"주인을 잃은 짐승들은 더욱 사나워집니다. 폐하께서 놓으신 덫이 어디서부터 어디까지인지 규모가 얼마나 되는지도 아직 확실히 모르지 않습니까? 그나마 체면치레라도 하려 주위 사람들 시선을 생각하는 무림맹과는 달리 혈사방의 손속은 과격하기 짝이 없으니 일반 백성들의 희생 또한 만만치 않을 겁니다."

"강호의 무뢰배 치고는 제법 기특한 생각이군."

"네. 그게 가장 마음에 걸렸습니다."

"무엇이 말이냐?"

"한낱 강호의 무뢰배에게 황제 폐하께서 암살당하시면 그 후폭풍이 과연 어떨까 하는 것 말입니다."

그것은 황족끼리의 암투로 인한 실각이나 정계의 음모에 희생당하는 것과는 차원이 다른 이야기.

황태자 또한 바라는 게 있으니, 당장이야 어찌 덮어질지 모르지만 그게 언제까지 갈까?

그런 비밀을 안고 황위에 오른 태자가 과연 황권이 안

정된 이후 황제의 암살에 대한 배후를 밝혀 황권의 존엄을 바로 잡아야 한다고 벌떼처럼 들고 일어나 주청하는 신하들을 과연 계속 억누를 수 있을까?

어쩌면 자기가 한 짓은 지운 뒤, 진유청과 동심회를 협박해 이용하며 다른 제물을 내세울 수도 있고.

아니면, 황제 주찬성이 하려 했던 것보다 더한 무림말살대계가 시작될 수도 있다.

내부의 불만은 잠재우고 새로운 황제 아래 하나가 되게 하기 위해 가장 좋은 방법은 바로 전쟁이고. 그 전쟁은 황태자에게 있어 황제의 복수라는 최강의 명분에 더해 황제를 잃고 날뛰는 혈사방 내 황제파 무리들과 상잔한 무림맹을 연이 상단이 손쉽게 집어삼킬 수 있게 할 최고의 한 수가 되지 않겠나.

피 비린내가 더 짙어진다.

"이제 와 그런 얘기가 무슨 필요이겠나. 어차피, 걱정될 일은 아무것도 하지 않고 나왔다면서."

주태민이 덤덤한 목소리로 대답했다.

"그러니까요. 제 볼일은 잘 끝났으니 태자 전하의 과한 친절에 보답하기 위해 조언을 하나 드릴까 해서 말입니다."

감히, 황태자에게 조언이라니.

그렇지만……

"일단 들어나 보지."

단편적이긴 하나 세상의 흐름을 읽어 앞날을 예측할 수 있다는 진유청 아닌가.

물론 허무맹랑한 이야기를 모두 다 믿는 건 아니지만 그간 보인 능력만으로도 한 번쯤은 귀 기울일 만했으니.

"잘 생각하셨습니다. 들어두어 나쁠 게 없는 말이고 세상에서 꼭 지켜져야 할 순리이자, 진리 중 하나입지요."

약이라도 팔아먹을 기세로 넙죽 받아친 진유청이 기름칠이라도 하듯 혀로 윗입술을 할짝거린 뒤.

눈을 부릅떠 정색을 하며 일순 급변한 분위기로 말을 이었다.

"자기 똥은, 자기가 치우는 겁니다."

달리 얘기하면, 아버지가 싼 똥은 자식이 치우는 거고 황궁에 쌓인 똥은 황궁에서 치우는 게 세상의 이치라는 것!

왜 동네 아낙들도 대여섯 살 먹은 어린아이들도 아는 걸, 황태자씩이나 되는 사람이 모르는 척하는 걸까?

그날 밤, 처음 궁녀와 눈이 마주쳤을 때 어차피 소동이 좀 일겠다 싶어 놀라게 한 게 미안한 겸 경각심을 불러일으키는 대신 어이없고 우스운 귀신 놀이로 상황을 끌어놓은 뒤.

아침에 물어오는 경찬이와 채환이에게 자신이 찾는 걸

가르쳐 주었다.

혹시나 싶어 은근히 찔러 본 것이다. 그런데 용 새끼가 진짜로 제 아비를 죽여보라 등을 밀었다.

그 사실 자체가 의아한 건 아니었다. 원래가 권력이란 게 독점할수록 더 강력한 힘을 가지는 것이기도 하고 부모 형제와도 나눌 수 없는 것이라고들 하고.

그런 생각이 가장 집약된 곳이 천하의 주인이 살고 있고 될 수 있는 황궁이니까.

하지만 말이다, 꼭 제 손을 더럽혀야 할 때도 있는 거다.

황태자 주태민이 황제의 자리를 원하고 아비의 권력을 빼앗고 싶다면 다른 이에게, 그것도 동맹을 맺자 제의한 상대에게 미루지 않고 자기가 칼을 뽑아 들고 직접 나서야 했다.

쉬익!

황태자 주태민이 탁자 위에 놓인 잔을 진유청을 향해 던졌다.

퍽!

진유청이 가볍게 머릴 옆으로 틀자 날아오던 잔이 녀석을 스쳐 지나가 뒤의 벽에 부딪쳐 깨졌다.

"네가 감히. 미쳤구나. 정신이 나간 모양이야. 하긴, 너는 아주 예전에 봤을 때도 그러했지."

"하하하! 맞습니다. 원래 어렸을 적부터 좀 많이 특별했거든요, 제가. 다들 뭐가 되도 크게 될 거라고 말들이 참 많았습니다."

"황궁에서 황태자에게 직접 죽임을 당할 정도로 특별할 거라곤 그들도 아마 생각지 못했을 게야, 그렇지?"

"제가요?"

진유청이 흰 이를 드러내며 웃는다.

"그래, 너."

"에이, 그럴 리가요. 전 아직 죽을 때가 되지 않았습니다만."

진유청이 손을 쭉 뻗은 뒤 발랑 뒤집어 손바닥을 위로 향했다.

쉬이이익!

강한 기운이 솟구쳐 천장 밑을 구름처럼 덮었다.

"이게 무슨 짓이냐! 여봐라!"

황태자가 밖을 향해 외쳤다.

인간단지는 황제의 궁에만 있는 부대이므로, 미리 처소 내를 지키던 이들을 뒤로 물려두었던 차였기에 그들을 부르는 거다.

"올 수 있었다면 태자 전하께서 부르시기 전에 벌써 왔겠지요."

진유청이 황태자를 향해 한 발자국 다가갔다.

"네 이놈!"

황태자는 제 온몸을 옥죄는 힘에도 조금도 물러서지 않았다.

고개를 빳빳이 들고 눈을 부릅뜬다.

누른다고 굽혀진다면 그게 어찌 황제의 재목이라 할 수 있으랴!

하나 온 방 안을 가득 채운 강기는 인재를 곁에 두길 즐겨하고 황궁의 수많은 고수들을 만나왔던 황태자에게도 너무나 낯선. 세상에 어찌 이런 이질적인 기운이 있을까 싶을 만큼 당황스러운 힘이었으니.

"가진 걸 모두 빼앗으려 들면 지금 있는 폐하의 충성스러운 신하들이라 해도 복종하기 어려울 겁니다. 과연 그들 중 스스럼없이 다 내놓고 배를 까 내놓을 이들이 몇이나 되겠습니까? 무림인들이 황제 폐하의 뜻을 신명(身命)으로 받들지 않는다 하여 불충을 탓하시기 전에 먼저 두 분께선 무림인들을 당신들의 백성으로 보고 있긴 하셨는지에 대해 생각해 봐주십시오."

황제 주찬성이 세운 무림말살대계는 적, 그중에서도 생사대적이 아니고서야 생각해 내지 못했을 만큼 독하고 치밀하게 오래전부터 준비하고 실행돼 왔다.

그만한 노력과 정성이었다면 무림문파 몇은 충분히 회유해 황궁에 심어둘 수도 있었을지 모르지만…… 그런 정도로는 황제의 성에 찰 만큼이 아니었나 보다.

이왕 치러야 할 같은 값. 훨씬 많이 남는 쪽이 좋았겠
지, 마음에 드는 건 뭐든 빼앗아야 하는 포악한 성미에도
잘 맞았을 테고.

"황제를 향한 충심에 사사로운 계산이 따라야 하는 간
악한 무리 따위를 어찌 내 백성이라 할 수 있을까! 그러니
너희를 움직이는 데에 대가를 지불하기로 하지 않았느
냐?"

"그럼 사람 사는 데서 어찌 계산이 따르지 않을 수가
있단 말입니까? 밥, 반찬, 사랑, 믿음, 신뢰…… 비단 물
질만이 아닌 마음이라도 뭐든 주고받는 게 있어야 사람
사이의 관계가 성립되는 게 아니겠습니까."

"황제와 신하는 사람 사이의 관계가 아니다."

진유청은 벽하고 대화를 해도 이것보단 낫겠다 싶었다.

"그렇게 딱 잘라 말씀하시고 무림인을 경계하시면서 동
맹의 대가는 어찌 치르시렵니까. 무림의 존재는 어떻게
인정하시고 평화를 약속하시려 합니까!"

당장은 서로가 서로에게 필요한 상황.

황태자도 죽이겠다며 으름장을 놓고 있긴 하나 여기까
지 와서 진짜 진유청에게 해를 입혀 동심회와 척을 지지
는 않을 테고. 진유청 또한 마찬가지.

황태자를 죽이는 건 현 황제가 세운 무림말살대계에 날

개를 달아주는 거나 다름없었는데 그럴 리가 있겠나.

"나의 말은 천금과 같고 나의 약속은 내 나라와 같은 무게를 지니니. 모두 지켜질 것이다."

하나 주태민 자신이 그걸 행하는 건 행하는 거고, 그와 별개로 자신이 원하는 방향으로 상황을 이끌어 나가는 거 자체가 문제가 될 이유는 없지 않은가?

감정이라곤 찾아볼 수 없는 새카만 검은 눈동자와 마주한 진유청은 눈앞의 황태자가 제 아비인 황제와 조금도 다르지 않은 괴물이란 사실을 다시 한 번 똑똑히 깨달았다.

대부분의 호랑이가 개를 낳지 않듯. 용(龍)도, 용(龍)을 낳았다.

그리해 단 하나의 여의주를 놓고 격돌한다.

"네, 당연히 그러셔야지요."

진유청 자신을 인질로 잡고 동심회의 의중 따위 안중에도 없다는 듯 어떻게든 기를 꺾은 다음 셈을 맞춰주고 대충 달래어 진행시키려던 동맹.

처음부터 마음에 들지 않았다. 하니 뒷말이 술술 이어졌다.

"그러지 않으면 그 뒤에 일어날 일을 황궁의 누가 감당할 수 있겠습니까?"

"뭐라?"

되돌아온 협박에 날카롭게 반응하던 주태민이 저를 압박하던 기운이 갑자기 사라졌다 느낀 순간.

콰콰쾅!

번개가 쳤다. 달을 집어삼켰던 구름이 제 뱃속을 찢어, 숨겨 두었던 빛을 부딪쳐 깨트린다.

샛노란 균열이 젖은 밤하늘을 가르며 번쩍거렸다, 그리고.

콰쾅!

거대한 번개 한 조각이 황태자궁 주태민의 처소 위로 내리꽂혔다.

"에이, 날 좋더니만, 웬 번개야. 시끄럽게."

"아직 안 잤어?"

탁자 앞에 앉아 혼자 술잔을 기울이던 나채환이 이경찬이 있는 방향을 바라보며 물었다.

"……응."

이경찬이 베개에 얼굴을 처박은 채로 고개를 끄덕거린다.

아무래도 불안한 마음에 오늘은 궁에 머물려 했는데 태자 전하께서 그냥 이가장에 돌아가 있으라고 명하시는 바람에 어쩔 수가 없었다.

"잠이 안 오냐?"

아무 답도 없었지만 굳이 듣지 않아도 안다. 그러니 나채환 자신도 그리 즐기지 않는 술로 마른 목을 축이며 자릴 지키고 앉아 있는 거겠지.

하지만.

"그래도, 자."

이경찬은 요즘 무리를 한 모양으로, 안색도 좋지 않고 눈 밑도 퀭해서 돌아다니니 보기에 영 별로였다.

무슨 일 생겼을 때 저를 떼어 놓고 먼저 가 버리면 안 된다 우기며 남의 방에 쳐들어와 침상까지 차지하고 누워서 저러면 안 되지.

"잠 안 와."

"기절하면 굳이 안 자도 되는데. 어떠냐?"

"잘 자, 채환아."

이경찬이 얼른 대답한 뒤 눈을 꾹 내리감았다.

자기 의지와 달리 까무룩 정신을 잃었다 내일 아침 뒤통수를 부여잡고 일어나기는 싫었으니까.

"그……."

대답을 하던 나채환이 갑자기 의자에서 벌떡 일어났다. 앞에 놓인 탁자가 흔들릴 만큼 세게.

억지로 잠을 자보려던 이경찬도 침상에서 몸을 일으켜 창가로 가 창문을 벌컥 열어젖히는 나채환을 향해 물었다.

"왜? 무슨 일이야?"

"저거."

나채환이 검지로 황궁이 있는 방향을 가리켰다.

어둠을 밝히는 불기둥이 솟구쳐 있었다. 뭔가가 타고 있었다, 그것도 황태자 주태민과 진유청이 함께 있는 황궁에서!

"가, 가야 해."

이경찬이 몸을 떨며 말하자 나채환이 얼른 녀석을 부축해 밖으로 나갔다.

"황궁에 변고가 생겼답니다!"

바로 전해진 소식을 윤수일이 가져왔다.

나채환이 고개를 끄덕인 후, 그에게 이경찬을 맡겼다.

"나도 갈 거야!"

이경찬이 외치지만 나채환이 윤수일에게 눈짓을 했다. 조금만 천천히. 위험을 확인한 후.

윤수일이 작게 머릴 숙이고 나채환은 그대로 황궁을 향해 몸을 날렸다.

"야, 야!"

이경찬이 목소리를 높이자 윤수일이 입을 열었다.

"제가 모실 테니, 준비하십시오."

가지 않겠다는 게 아니다. 황태자의 측근인 초린대의 일원으로 윤수일도 당장 달려가고 싶었으니.

"유청아. 제발⋯⋯."

이경찬은 주먹을 불끈 말아 쥔 채로 입술을 깨물었다.

제발 아무 일도 없기를 바랐다.

"괜찮으십니까?"

나채환은 처음에 황제의 궁에 사달이 인 줄 알았다가 황태자의 궁이란 말에 깜짝 놀라 그에게로 달려갔다.

"보다시피."

주태민은 아무렇지도 않은 표정으로 천장이 반쯤 부서져 있는 황태자궁 자신의 처소에 서 있었다.

하늘에서 흩뿌린 비가 내부를 적시고 있음에도 아랑곳하지 않고.

황태자가 비켜나지 않고 묵묵히 서 있으니 달려온 금의위나 궁녀들이 감히 아무 말도 하지 못하고 밖을 배회하고 있었다.

그나마 황태자가 난리가 났음에도 털끝 하나 다치지 않고 멀쩡하게 서 있으니 가능했던 일.

그렇지만 나채환은 소매 속에 감추고 있는 황태자의 손끝이 가늘게 떨리고 있음을 눈치챘다. 왜냐하면 비가 비단 위를 타고 흘러내려 고인 물방울이 소맷자락에 맺혀 있다가 뚝, 뚝, 뚝…….

횟수가 너무 잦았다. 마치, 미미하게 떨리는 소맷자락의 파동에 맞춰 눈물을 떨구는 것처럼.

"녀석입니까?"

번개가 내리꽂혔다. 한데 진유청이 한 짓이냐고?

"미친 게냐."

주태민이 미간에 주름을 잡으며 싸늘한 어조로 말했다.

투두둑!

그의 소맷자락에서 지면을 향해 떨어지는 빗방울의 수가 더욱 늘어났다.

이젠 손끝만이 아니라 어깨를 떠는 건지 조금씩 파동이 커진다.

말보다 확실한 긍정이었다.

그러고 보니 주태민의 입술도 새파랗게 변색돼 있었다.

"전하!"

윤수일을 얼마나 들볶았는지 예상보다 훨씬 일찍 도착해 달려온 이경찬이 제 겉옷을 벗어 황태자의 어깨에 걸쳐 주며 그를 살폈다.

"파손된 곳이 고쳐질 때까지 만이라도 다른 궁으로 잠시 옮기시지요."

이경찬의 말에 주태민이 고갤 젓는다.

그는 이대로 좀 더 있어야 했다.

살면서 아버지인 황제를 제외하고 처음, 두려움을 느꼈다.

오싹하고 수치스러운 감정이 아직도 머리꼭지에서부터

발바닥을 관통한 채로 몸속을 간질인다.

주태민은 그렇기 때문에 잊지 않기 위해 좀 더 오래 이렇게 서 있어야 했다.

"어느 한쪽이 다른 한쪽을 무시하고 인정하지 않아서야 어찌 공평한 동맹이 성립될 수 있겠습니까. 서로가 필요해 의해 손잡는다 해도 지켜야 할 도리란 게 있는 법이니…… 다시는 이번과 같은 억지는 쓰지 않으시길 바라고. 꼭 그러시리라 믿습니다."

귀가 먹먹할 정도의 굉음과 더불어 세상이 뒤엎어지는 충격과 부서져 내려앉는 천장의 잔해가 비에 섞여 바닥을 치는 데도 불구하고 주태민은 안전한 막 속에 들어가 있는 것처럼 아무런 영향도 받지 않았다.

한 손을 뻗어 주태민을 보호한 채로, 그의 앞에 서서 입술을 달싹이는 진유청은…… 그야말로 천신(天神)이 현신한 것과 같이 느껴져 주태민은 어금니를 꽉 깨물었다.

진유청은 자기가 그리 만만한 놈이 아니라고. 그런 자신이 포함돼 있는 동심회는 더욱이나 그렇다고 쐐기를 박은 거다.

그래도 그렇지.

저를 보여주기 위한 행위 치고는 과했다. 아주, 많이.

주태민에게 무림의 위험성을 한층 부각시키고 경계심만 더 높인 꼴이지 않은가.

하지만 또한, 아주 영리했다.

상상을 뛰어넘는 힘으로 주태민이 저가 가진 마음을 현실에 펼쳐 놓는 게 얼마나 위험할지에 대해 자각하게 했으니까.

무림인들을 경계하면서도 한편으론 무뢰배들이라 무시해 왔던 편협한 사고가 와장창 깨지고.

황제와 싸우기 위해 그들의 손을 잡은 게 과연 옳은 일이었는지 고민하게 했지만, 글쎄……

그들이 아니라면 어차피 황제와 싸울 수 있는 패가 없고. 황위에 오르지 못한 상태라면, 동심회와 대적할 이유도 대적할 힘도 없으니…… 어차피 자신은 아무것도 아니게 됐다. 그리고.

"태자 전하, 고집 그만 부리십시오. 이러다 몸 상하십니다!"

이경찬이 황태자를 채근했다. 두 번 말하게 하냐며 화를 내실 게 분명했지만 주인이 계속 이렇게 있게 할 수는 없었으니까.

"널, 함부로 대하면 황궁에 다시 귀신이 나타날 거라 하더구나."

"네?"

꾸중을 각오했는데 이게 웬 난데없는 소리람?

이경찬이 눈을 크게 뜬 채로 깜빡거리자 황태자가 제 어깨에 걸쳐져 있던 녀석의 겉옷을 당겨 내밀었다.

"젖은 걸 걸쳐 주면 무슨 소용이냐. 무겁기만 하다."

황궁에 도착한 후 너무 급하게 달려오느라 비를 가리지 못해 사실 경찬의 옷도 다 젖어 있는 상태였으니.

"아, 죄송합니다."

경찬이 당황해 방금 들었던 말도 잊고 얼른 겉옷을 받아 들었다.

"가자."

주태민은 부서진 전각을 한 번 돌아보지도 않고 바깥으로 나갔다. 황태자가 나오니 드디어 아랫것들이 제 할 일을 할 수 있게 됐다.

소란스레 주변을 정리하며 이것저것을 챙기고 확인하기 시작했다.

"대체 무슨 일입니까, 태자 전하."

이경찬이 주태민의 곁에 바짝 다가가 묻는다.

"그거보다 더 궁금한 게 있을 텐데?"

"……유청이 보이지가 않습니다."

이 밤, 황제의 궁으로 가볼 거라 했던 진유청이 걱정된 거다.

황태자의 궁에 난리가 나서 황궁이 발칵 뒤집어졌으니

유청이 녀석 깜짝 놀랐을 텐데.

아무래도 이경찬은 주태민과 마찬가지로 유청이 가진 능력이 발휘할 수 있는 실질적인 힘에 대한 감이 나채환에 비해 떨어진 듯.

나채환과는 다른 관점에서 상황을 풀었다.

"녀석은 돌아갔다."

"돌아가다니요?"

"저가 있어야 할 곳으로 갔겠지."

"인사도 없이 말입니까?"

"나도 경찬이, 네게 작별 인사를 하러 갈 줄 알았더니, 대신 내게 남기고 갔다."

주태민의 대답에 이경찬이 저도 모르게 부서진 전각을 힐끔 돌아봤다가 고갤 젓는다.

에이, 설마.

자신이 별 생각을 다 한다 싶었던 이경찬이 황태자의 농 같지 않은 농에 어색하게 웃으면서도 인사 한마디 없이 가 버린 유청에 대한 서운함에 안색이 좋지 않자 주태민이 눈가를 찌푸렸다.

뭐라 더 설명하기가 싫었으니까.

주인이 입을 다물자 이경찬은 왼쪽에 나채환은 오른쪽 한 발자국 뒤에 서서 대기한다.

황태자의 최측근이자, 진유청의 소중한 친구들.

주태민의 기분이 아주 조금이지만 나아졌다. 저들이 누구를 선택했는지, 확인할 수 있게 하니까.

그것은 언젠가 꼭 필요한 날이 오면 저들은 자신의 칼이자 방패가 돼 가장 효과적으로 쓰일 수 있다는 뜻이 되고.

"오늘의 일을 갚을 날이 오겠지."

주태민이 나직하게 중얼거렸다.

황태자인 자신이 남에게 빚진 일이 생겼으니 몇 배로 잘 갚아줘야 하지 않겠나. 당장은 아니더라도 언젠가 먼 훗날.

"황태자궁을 지키던 호위들이 정신을 잃고 있을 것이다. 다른 말이 나오지 않도록 미리 입을 닫게 하라."

"어째서…… 아, 알겠습니다."

의아했으나 답이 돌아오지 않을 게 빤히 보여 이경찬은 화제를 전환했다.

"아무래도 벼락이 황태자궁에 떨어진 일로 불길하다며 여러 경로에서 말이 터져 나올 거 같습니다만, 다행히 전하께서 조금도 놀라지 않고 당당히 대처하셨으니 수습하는 데 큰 도움이 될 겁니다."

"흐음. 이런 건 어떻겠느냐? 황궁을 돌아다니던 귀신을 본 황태자가 그것을 황태자궁으로 유인해 벼락을 떨어트려 없앴다는 거, 말이다."

"네에?"

이경찬이 되묻자 주태민이 무심한 시선을 보낸다.

"관료들은 이야기 부풀리길 좋아하고 백성들은 소문거리 즐기지 않느냐. 황태자궁에 액이 끼었다는 둥의 이야기가 도는 것보단 훨씬 나을 게다."

주태민의 말도 딱히 틀린 건 아닌지라 잠시 머릿속으로 셈을 해본 이경찬이 대답했다.

"지시하신 대로 시행하도록 하겠습니다."

가만히 두 사람의 대화를 듣고 있던 나채환의 무표정했던 얼굴이 조금, 묘한 빛을 띠웠다.

황태자가 처소를 옮기고 차갑게 식은 몸을 따뜻한 물로 데우기 위해 자리를 비운 사이.

"진짜 간 걸까?"

"응."

"다신 못 보게 되는 걸까?"

"이전처럼은, 아마도."

나채환은 당장 위로될 말 대신 직접적으로 찔러 상처에 찬 고름을 터트리는 쪽을 택했다.

배신당했음에도 별반 화내지 않고 이경찬의 입장을 이해해 준 유청이고 끝까지 황태자에게 경찬에게 잘하지 않으면 가만있지 않겠다고 협박 겸 부탁까지 남기고 갔지만……

그래도 거기까지다.

이만큼 가야 할 길이 정반대로 향해 있다면, 마지막 정리가 깨끗해야 이전의 추억까지 흙발로 짓밟는 실수를 하지 않게 된다.

진유청은 그걸 알았고, 다른 두 사람에게도 가르쳐 준다.

너희가 잘못했다곤 하지 않겠지만, 너희는 책임을 져야 한다고.

보다 중요한 걸 골랐으니 나머진 가슴 속에 품고 살아가야 했다. 대신 잊지는 말자.

지금의 자신들을 만들어준 소중하고 따뜻한 것들을.

"너는 가지 마라, 채환아."

"내가 어딜 가냐. 어르신께서 계신 곳이 내 집이다."

"……그래."

이경찬이 웃었다. 그리고 또 벼락이 내리치면 어쩌나 걱정이 돼 한참이나 천장을 올려다본다.

아무래도 이경찬은 곧 또 한 명의 친구를 잃게 될 거 같았다.

第七章

소방주의 강호행!

"이상해."

이원형이 마차 창문 밖을 살펴보며 중얼거렸다.

갑자기 자신이 소방주로서 꼭 해야 할 일이 뭐란 말인가? 이름만 있는 소방주로 할 줄 아는 게 아무것도 없는 자신인데.

똥마려운 강아지처럼 끙끙거리며 여기저길 살피고 주위를 확인하는 이원형의 행동에 수행을 맡은 소현당 당주 기덕진이 말 머리를 마차 가까이 대고 안을 들여다봤다.

"히이익!"

고개를 돌리다 기덕진과 눈이 마주친 이원형이 깜짝 놀라 상체를 뒤로 하다 그만 뒤통수를 부딪쳤다.

"멈춰라."

기덕진의 호령에 마차와 수행원으로 나선 소현당 소속 무인들의 속도를 늦춘다.

마차가 완전히 움직임을 멎자 기덕진이 마차의 문을 열고 두 손을 뒤로 해 뒤통수를 쥐어 싸매고 있는 이원형에게 물었다.

"무슨 일이십니까?"

"아, 아무것도 아닙니다. 오랜만에 나온 참이라 그냥 바깥 구경을 하다가 그만……."

"불편하신 점은?"

"없습니다."

이원형은 고개도 들지 못한 채 겨우 대답했다.

그들의 역할이 호위가 아니라 감시란 걸 자각하고 있음에야 주눅이 잔뜩 들어 있는 이원형이 편히 대할 수 있을 리가 없었다.

"들어온 소식에 의하면 최대한 빨리 도착해야 한다고 하니, 혹여 앞으로 불편하신 게 생기더라도 참으시는 게 좋겠습니다."

그 말을 끝으로 기덕진이 몸을 뒤로 물려 마차에서 떨어져 나왔다.

탕!

마차 문이 세게 닫히고, 드드득!

마차 바퀴가 다시 굴러가기 시작했다.

자신이 가는 길인데, 어디로 왜 가고 있는 건지에 대해 자신만 모른다는 게 이원형은 너무 우습고 무서웠다.

"정말 그렇게 얘기하더냐?"

"네, 소가주님. 혈사방 소방주가 무림맹을 향해 오고 있답니다."

일전 제갈건의 제의를 전했던 청성의 장로에게서 온 정보로, 이런 걸 감금 상태인 사람에게 알려준다는 건 아마도 그의 제안을 긍정적으로 받아들이고 있다는 동의의 완곡한 표현이리라.

제갈건이 한결 나아진 표정을 담담히 감추며 입을 연다.

"무슨 일로 온다는 것까지 들었는가?"

"혈사방에서 중요한 걸 발견했다고 하는데, 그에 대해 무림맹과 이야기를 좀 나눠보려 한다며…… 곧 자세한 내용이 적힌 서신을 갖고 사신이 무림맹에 도착할 거라고 했습니다."

혈사방의 사신이 무림맹에 온다라.

이제껏 없었던 일이 자꾸만 터져 나오는 건 변혁의 시대가 시작됐기 때문인가?

"자네가 잘 살피고 있다 중요한 이야기가 있으면 바로

알려주게나."

"염려 마십시오. 최선을 다하겠습니다."

하정기가 강조하듯, 주먹 쥔 오른손으로 제 가슴을 쿵 찧으며 대답했다.

"그래, 조금만 더 수고해 주게나. 훗날 오늘의 고생이 모두 몇 배의 값어치로 바뀌게 될 터이니."

그 말을 끝으로 입을 다문 제갈건이 희미하게 미소 지었다.

간만에 식욕이 돌아서인지 하정기가 가져온 흰 죽이 까슬한 입안을 달래며 부드럽게 목으로 넘어갔다.

"이현아, 아비 좀 살려다오."

동심회 사람들과 함께 이가연합의 처리에 대한 마지막 회의를 하기 위해 대연회장으로 가던 진호철이 걸음을 멈추더니, 믿음직스러운 첫째 아들을 바라보며 속삭였다.

그의 두 눈 가득 담겨 있는 신뢰에는 일말의 애원까지 담겨 있었는데.

"누가 아버님께 해를 끼치려 합니까?"

"네 눈엔 저 앞에서 우릴 기다리고 있는 이들이 보이지 않느냐?"

"저들은 아버님을 열렬히 따르고 추종하는 사람들이 아닙니까."

머리 좋은 이현이 진짜 몰라서 저러는 건 아닐 테고 툭 잘라내는 모양새가 진호철 자신 보고 알아서 하라 외면하는 게 분명했으니.

여러 가지로 다사다난한 무림맹의 일 중 아버지의 개인적인 일에까지 끼어들고 싶지 않다는 명백한 거절이리라.

하여간, 이 얼음덩이 같은 녀석!

일전 홍개의 등 떠밀기로 인해 아귀 떼의 한복판으로 던져졌던 진호철이 이현이 아닌 유청에게 고자질을 하겠다고 다짐했던 건 참으로 똑똑한 판단이었던 것이다.

"그렇다면 너를 대주로 맞고 싶다며 결성된 철혈대도 외면해선 안 되겠구나. 아, 그 얘기도 들었느냐? 근래 철혈대가 중도파와 움직임을 같이하고 있다는데…… 이 아비가 맹주가 돼야 이현이 너를 차기 맹주로 선출하기 위해 무림맹에 붙잡아 둘 수 있다며 주위를 선동하던데 말이다."

하남삼협의 우두머리로 협객의 표상이자 자기 능력으로 무림맹 젊은 무사들의 우상이 된 진이현이었으니 따르는 이들 또한 많았고.

그중 손꼽히는 인재들이 모여 만든 게 철면검객을 받드는 모임인 철혈대였다.

물론, 진이현은 그들의 청을 고사했으나 그들은 오히려 철면검객의 모욕함에 더욱 반해 자기들의 뜻을 굽히지 않

앞으니.

"자꾸 이상한 걸 저에게 떠맡기려 하지 마십시오, 아버님."

"이상한 거라니? 꼭 집어 말해보려무나."

진호철이 하관을 길게 내민 뒤 거드름을 피우며 말했다.

속이 시원한 게. 이현의 무표정한 얼굴이 흐릿하게 일그러지는 게 재밌다.

아무리 저라도 이렇게 중인환시에 그 이상한 게 동심회나 무림맹이나 철혈대, 라고는 꼭 집어 말하기 어렵겠지.

이래서 제 형이라면 그리도 끔찍하게 여기는 유청이 녀석도 종종 이현이를 골려 먹는구나 싶어 하는데.

저편에서 중도파 무인들 중 꽤 이름 높은 사영문의 문주 백두만이 잰걸음으로 다가와 진호철의 앞에 섰다.

"혈사방의 소방주가 보낸 사신이 도착했습니다! 회주님께서 대회의장에서 그를 맞이하셔야 할 거 같습니다."

혈사방 소방주가 무림맹을 향해 오고 있다는 얘기는 이미 맹 내에 쫙 깔린 상태였고. 외당의 부대 하나를 보내 그들의 동태를 살피란 명도 내려두고 지켜보던 차이긴 했지만…….

"제, 제가 어째서?"

진호철 자신이 왜 혈사방 소방주의 사신을 맞이해야 한

단 말인가?

그런 건……

진호철이 주변을 휘휘 훑었다. 개방의 상개나 무당의 청기자나.

하다못해 소림의 목인도 슬쩍 그의 시선을 피해 버린다.

"회주님께서 바로 맹주대리이시지 않습니까. 어서 가보시지요."

대체 언제부터 진호철 자신이 맹주대리였던가!

그의 눈치를 살핀 백두만이 쐐기를 박았다.

"그렇다고 현재 근신 처분을 받고 감금돼 있는 제갈세가의 소가주를 데리고 나올 수는 없는 노릇 아니겠습니까? 혹시 맹주대리인 게 불만이시라면, 그냥 맹주님이 되셔도 무방합니다만."

"……그 얘기는 나중에 하도록 하고. 사신을 계속 기다리게 할 수는 없는 노릇이니, 우선 나가보도록 하지요."

진호철이 삐질 흘러내리는 땀을 손등으로 닦아내며 말했다.

그가 나서자 전면에 모여 있던 중도파와 동심회 무인들이 반으로 쫙 갈라져 가운데로 길을 내었다.

"어서 가시게나, 회주."

청기자가 한 손을 내밀어 진호철에게 선두를 권한다.

멋쩍었으나 자기가 물러난다고 해서 어르신들께서 먼저 가시지는 않으실 듯해 진호철이 몸을 돌려 머리를 작게 숙여 보인 다음 전면을 향해 발을 내딛었다.

무림맹 내 이가연합의 세력은 근신 겸 여러 조치를 취해두었지만 그들이 한 짓에 비하면 처벌이 약한 편. 안휘에 근거지를 둔 남궁세가는 둘째 치고 무림맹과 같은 지역에 본가가 있는 제갈세가의 동향이 심상치 않았던 탓이었다.

이가연합이 걸어온 행보 자체가 정파라고 하기엔 너무 과격하였고 그런 만큼 이 이상 맹 내에 있는 이가연합의 세력을 압박했다간 저들이 정말 무슨 일을 또 벌일지 몰랐다.

하나 그렇다고 해서 이미 저지른 잘못을 없는 일로 되돌려 줄 수는 없는 노릇이고. 어차피 피를 본 이상, 제대로 처리하기로 이야기를 맞추는 중으로 오늘 중도파와 마지막 합의를 이끌어내려는 찰나였다.

이것도 혈사방의 소방주가 다가오고 있고 사신을 보낼 거란 얘기에, 최대한 진행 속도를 높인 거였는데…… 저들은 어찌 오늘에 딱 맞춰 도착을 했단 말인가, 쯧.

진호철은 내부의 적인 이가연합을 아직 정리하지 못한 상황에서 외부의 가장 큰 적인 혈사방에서 온 사신과 마주하려니 부담이 더 느껴졌다.

그래서 진호철은 어깨를 쭉 펴고 당당하게 가슴을 폈다.

숨을 크게 쉬어야 정신이 맑아지고 떨리지 않게 될 테니까.

첫째 아들과 같은 위압감이나 둘째 녀석 같은 영리함이 없는 진호철은 항상 그렇게 해서 어려운 상황을 이겨왔다.

기본적인 것에 충실하고 문제에서 눈을 돌리지 않는 것!

저벅거리는 한 쌍의 발자국 소리에 뒤이어 달라붙은 한 무리의 사내들이 쿵, 쿵 하고 지면 위를 두들겼다.

선두에 선 일행이 만들어진 길을 통과하자 두 개로 나뉘어 있던 강물이 하나로 합쳐져 그들의 뒤를 받쳐준다.

대회의장으로 가는 통로를 가득 채운 검은 물결이 쭉쭉 뻗어 나가다 이윽고 목적지에 도착했다.

대회의장 앞에선 사신으로 온 혈사방의 외부 삼당 중 하나인 소현당 당주인 기덕진이 이미 도착해 있었다.

무림맹 총관부의 식솔들은 처음 맞이한 혈사방 사신을 어찌 대해야 할지 알 수 없는 데다 그에게서 풍겨 나오는 마기가 너무 강해 잔뜩 경계하고 있었다.

스윽.

기덕진이 손을 들어 올리자 그들을 마중해 여기까지 안내한 총관부 식솔들과 무사들이 화들짝 놀란다.

섬전쾌수 기덕진이라면, 혈사방의 외부 활동을 맡은 소현당 당주로 손이 아주 빠르기로 소문이 난 자였다. 그의 손은 웬만한 무사의 검이나 도보다 더한 흉기로 눈이 그 손의 그림자를 쫓아가기도 벅차다 할 정도였으니.

기덕진은 겁 많은 무림맹 사람들을 비웃듯 조소를 내보이며 검지로 어딘가를 가리켰다.

"저기, 누가 오는군."

무림맹 식솔들의 얼굴이 그가 가리킨 쪽을 향했다가 단박에 환해진다.

"동심회 회주님이시다!"

"철면검객님도 왔네, 휴우."

어수선했던 분위기가 단번에 정리됐다.

동심회가 이들에게 얼마나 의지의 대상인지 알려준다.

게다가 기덕진도 외부 활동을 하며 얼굴을 마주한 적이 있거나 초상화로 대충의 인상을 외우고 있는 쟁쟁한 이들은 물론 중도파 주요 인물들까지 모두 동심회주란 사내의 뒤쪽에 자리한 채 순순히 따라오고 있다는 건…… 정말이지 놀라운 광경이었으니.

듣거나 예상했던 거 이상으로 동심회주는 대단한 모양.

조금만 더 시간을 지체했다면 무림맹 내를 가르던 균열이 예상보다 훨씬 빨리 치유돼 버렸을지도 몰랐다.

기덕진이 무림맹에 들어와서 처음으로 긴장한 채로 두

눈을 부릅뜨고 저를 향해 걸어오는 사내를 뚫어져라 바라봤다.

저 사람이, 동심회주. 자신의 방주와 더불어 천하를 이분하고 있다 알려진 사내!

기덕진 생애 가장 두려운 인물인 혈사방주와 동급으로 자리하고 있는 이. 과연?

"동심회주를 뵙습니다."

기덕진의 인사에 진호철이 마주 머리를 숙여 보였다.

"제가 너무 늦었습니다. 손님을 오래 기다리시게 한 건 아닌지 모르겠습니다."

"……아닙니다."

흐릿하게 미간을 찡그린 기덕진이 의아한 눈빛을 하며 진호철을 위아래로 훑어봤다.

거대 세력의 우두머리가 저리 가벼이 머릴 숙이다니. 게다가 저 공손한 대접은 또 무언가.

기덕진은 진호철에게서 풍겨 나오는 기운 중 무엇 하나 저를 두렵게 하지 못하자 더욱 의아해졌다.

하나 동심회주는 의(義)로 사람을 만나고 인(仁)으로 사람을 대한다 했으니 일견 그럴 수도 있겠다 싶기도 했으나…… 약육강식(弱肉强食)이 판을 치는 혈사방에서 살아 온 기덕진은 그런 건 믿지 않았다.

기덕진의 눈이 진호철의 어깨 너머에 있는 진이현을 향

했다.

그야말로 무능한 아비를 전면에 세우고 뒤에서 일을 꾸미는 실세가 아닐까 의심하면서.

"전하실 게 있다 들었습니다만."

진호철의 말에 기덕진이 아아, 하고 작게 신음을 뱉어낸 후 품속에서 서신 하나를 꺼내 두 손으로 바쳤다.

진호철이 조심스레 서신을 들었다가 멈칫한다.

이거, 자신이 가장 먼저 읽어도 되는 건가 싶지만……

사신이 두 눈 빤히 뜨고 보고 있는 판에 누구 먼저 읽어볼 사람 없냐 물을 수도 없는 상황이고.

결국 부스럭거리며 봉인된 인장을 뜯은 진호철이 내용물을 읽어 내려갔다.

"젠장!"

진호철의 입에서 욕설이 툭 튀어나오자 주위에서 살기가 치솟아 기덕진을 향해 쏘아진다.

기덕진이 하얗게 질린 얼굴로 버텼지만 수적으로 상대가 안 되는 데다 기덕진보다 무공이 강한 이들까지 합세한 터라 금세 입가에 피가 비친다.

"그만들 두게! 사신으로 온 이를 다치게 할 생각인가?"

목인이 얼른 나서서 손을 휘젓자 기덕진을 향해 짓쳐들던 강기가 사그라졌다.

"대체 뭐라 쓰여 있는데 우리 회주가 이렇게 놀랐을꼬?"

상개가 손을 내밀자 진호철이 서신을 건네줬다. 서신을 읽어 내려가던 상개가 콧구멍을 씰룩거리더니 외쳤다.

"이런 육시랄 놈! 뭐가 어쩌고 어째?"

양손으로 잡고 있던 서신이 두 쪽으로 쭉 찢어져 버릴 뻔했던 순간, 청기자가 나섰다.

상개에게서 서신을 낚아챈 청기자가 진이현에게 눈짓을 해 궁금해 할 다른 일행을 위해 낭독하게 했다.

"나는 혈사방의 소방주 이원형으로, 혈사방의 물건을 회수하기 위해 무림맹에 왔다. 현재 맹주 자리가 공석인 무림맹에서는 혈사방에서 방주이신 숙부를 제외하면 가장 높은 위치인 나를 맞아 줄 배분의 이가 없을 것 같아 이렇게 수하를 보내 내 뜻을 알리니 무림맹의 이름을 대신해 나설 수 있는 이가 있다면 내게 와서……."

진이현의 목소리가 이어질수록 좌중의 안색이 붉으락푸르락해진다.

혈사방과 무림맹의 사이가 극히 좋지 않고, 모인 구성이나 배분을 나누는 형식도 다른지라 혈사방 소방주의 셈에 대해 틀렸다 완벽히 반론을 제기할 수야 없겠지만.

이곳에 있는 이들의 면면을 봐라.

아무리 단일 세력으로는 최강이라는 혈사방이라 해도 어찌 무당의 장문인을 소림의 방장을 개방의 방주를 무시할 수가 있단 말인가!

방주인 이두원이 해도 받아들일 수 없을 마당에 그것도 아닌 소방주 따위가!

노기가 뻗치는 게 당연했다.

살기가 넘실대는 가운데 워낙 요지부동하여 동요하는 일이 없는 진이현만이 침착하게 마무리를 지으려 했⋯⋯

"장보도?"

진이현의 눈썹이 꿈틀거리며 치켜 올라간다.

진호철이 걱정스레 물었다.

"왜 그러느냐, 이현아?"

"혈사방의 소방주가 장보도를 내놓으라고 합니다."

"장보도라면, 그때의 그거 말이더냐?"

"그런 듯합니다."

진이현이 대답했다.

예전에 보고(寶庫)에서 유청이 찾았다 다른 문파들에 넘겼던 그거, 를 가리키는 듯.

후에 제갈세가에서 수수께끼를 해석했다며 남경의 자금산에 있는 두 번째 봉우리라 했던 것 말이리라.

물론, 동심회에선 너네나 처먹으라며 욕심을 부리지 않았고 그 뒤로 장보도에 관한 건 흐지부지 묻혀 버렸다.

만약 그게 진짜 장보도이고 믿을 만했다면 아무리 동심회가 빠졌다고 가지 않았겠나. 욕심 많은 괴물로 가득 찬 무림맹 문파들이 그럴 리가 절대 없었다.

하니 유청이 그때 했던 얘기대로, 제갈세가에서 거짓으로 장보도 풀이를 하여 동심회를 꾀자고 선동했고…… 다른 문파들도 그 사실을 알고 달려들었다는 결론이 나왔었다.

한데 그 장보도가 이제 와서, 그것도 혈사방의 소방주가 보낸 서신에서 언급되다니?

유청이 혈사방과의 연관에 대해 이야기하긴 했었으나 저들이 이리 직접적으로 나설 줄은 몰랐다.

"혈사방의 것이 갑자기 사라져 어떻게 무림맹 보고에까지 흘러들어 가게 된 건진 알 수 없으나…… 소재를 파악했으니 이제 되찾아야겠습니다. 소방주께서 강호행을 하시게 된 건 그 때문입니다."

혈사방 소현당의 당주 기덕진의 말에 맹 내 인사들 사이로 술렁거림이 한층 커진다.

"그게 혈사방의 것이라 주장할 근거도 없을뿐더러 있다 해도 무림맹 내에서 찾은 거니 당연히 우리의 것이라 여겨 해석하고 공을 들여온 걸 무작정 빼앗으려 드는 건 말이 되지 않습니다."

진이현이 적절하게 기덕진의 얘기를 받아쳤지만.

"그렇다고 주인이 잃은 걸 가져가서 손때 좀 묻혔다 하여 돌려주지 않겠다고 우기기엔 무림맹의 체면이 구겨지지 않겠습니까? 지금 당장 돌려 달라는 게 아니니 일단 무림맹 분들끼리 이야기를 나눠 보도록 하십시오. 소방주님과 우리는 인근에서 기다리고 있겠습니다. 답을 들을 때까진 떠나지 않을 테니 너무 시간을 오래 끄시는 일은 없길 바랍니다."

기덕진은 상황에 따라 할 말을 미리 짜놓기라도 했던 모양으로, 투박한 행동과는 달리 혀만은 매끄럽기 그지없게 움직였다.

하지만 말이나 되는 소린가?

보물을 찾을 수 있다는 지도를 누가 저런 수작질에 순순히 넘겨준다고.

그게 진짜든 가짜든 일단 남이 탐내면 더 주기 싫어지는 게 인지상정(人之常情). 정말 장보도를 원했다면 오히려 조용히 처리했을 게 분명했다.

다른 꿍꿍이가 있는 게 확실시 되는 혈사방 사신으로 인해 무림맹 인사들의 눈에 의혹이 서린다.

"거부합니다. 우리는 혈사방의 요구에 응해야 할 아무런 책임이나 의무도 없음을 이 자리에서 확실히 밝힙니다."

진호철이 정중하나 무거운 어조로 말했다.

"이렇게 말이 통하지 않을 줄은 몰랐습니다만…… 소방주님께서 워낙 고집이 세신 분이고 또한 혈사방이 아주 오랜만에 외부 활동을 했는데 아무런 성과도 없이 갈 수는 없으니. 방주님께 차후의 일에 대한 지시를 받아야 합니다. 그러니 방에서 회신이 올 때까지는 어차피 근방에서 머물러야 할 겁니다."

그때.

"아무리 그래도 그렇지. 무림맹을 찾은 이들을 외부에서 머물게 할 수 있단 말입니까?"

청성의 장로 하나가 있을 수 없는 일이라는 듯이 정색했다.

"지들이, 아니 혈사방의 소방주가 동등하게 자기를 맞이해 주고 자기와 이야기를 나눌 만한 이가 무림맹에 없어서 이렇게 사신을 보내고 서신을 쓰는 걸로 대신한다 했을 정도인데. 뭘 어쩌란 말입니까?"

"허어! 아무리 무영검 강수의 제자라 해도 너무 방자하게 나대는구나. 여기가 어디라고!"

"그러는 청성의 장로님께서는 왜……."

남의 귀한 사부님 이름을 맘대로 씨불거리고 지랄이신 거냐고 공손히 여쭤보려던 오자경은 제 입을 두터운 손으로 틀어막은 장웅으로 인해 하려던 걸 끝맺지 못했다.

"흐음."

흘러가는 상황을 지켜보던 진호철이 이마에 주름을 잡는다.

무림맹의 이름을 대신해 사신을 맞이하고 있는 진호철

이 있는데 그의 의중을 묻지도 않고 제멋대로 나선 청성의 장로가 잘못한 건 사실이었지만 그렇다고 그의 의견까지 무시할 순 없었다.

딱히 틀리지 않은 이야기이기도 했고.

"그럴 리야 없겠지마는 혈사방 소방주쯤 되는 이가 자칫 잘못하여 무림맹 인근에서 변고라도 당하면 큰일입니다. 무림맹이 다 뒤집어쓰게 될 수도 있으니 말입니다."

진이현도 우려되는 바에 대해 짚고 넘어간다.

혈사방 방주 이두원이 후계에 별다른 집착이나 관심이 없다는 건 익히 알려진 바.

쓰고 버릴 미끼라고 해도 놀랄 이유가 없으리.

"우선 회신이 올 때까지라도 무림맹 내에서 머무는 게 어떻겠냐고 귀방의 소방주에게 전하십시오. 맹 내에 웬만한 것들은 다 있는데다, 맹이 있는 형문산 인근 마을들의 규모가 그리 크지 않아 소방주가 머물기엔 협소하거나 시설이 좋지 않은 객잔들 밖에 없을 터이니 말입니다. 직접적인 이야기를 나누자는 게 아니라, 어떤 연유이든 찾아온 손님이니 형문산을 떠나기 전까지는 안전하고 편안히 모시는 게 주인의 도리라 사료됩니다. 그러니 거절하지 말라 이르시고요."

진호철의 제의에 기덕진이 잠시 고민한다. 그러다 소방주에게 묻고 허락을 구해보겠노라 답한 다음 맹을 나섰다.

물러가는 혈사방 무리들의 뒷모습을 보던 진호철이 갑갑한 마음에 한숨을 내쉬며 중얼거렸다.

"괜찮을지 모르겠습니다."

지금까지 조용했던 혈사방이 직접 움직이기 시작했다. 이건 절대 작은 일이 아니었다.

"형문산은 물론 호북에서 쫓아낼 수만 있다면 더없이 좋겠지만 지들이 꼭 버티고 있겠다니 어쩌겠나. 그냥 가까이 두고 무슨 꿍꿍이가 있는 건지 확인하는 수밖에."

돌아가는 흐름이 꺼림칙한 건 모두 같은 듯. 상개가 붉은 주먹코를 손등으로 비비며 끼어들었다.

"혈사방도 탐을 내는 장보도라. 장보도를 쥐고 있는 제갈세가의 값이 좀 오르겠습니다."

그렇다고 이제 와 뺏을 생각도 없고 머리에 쥐날 게 뻔한 그걸 해석할 능력은 더 더욱이나 없었으니.

동심회에서야 보물을 탐내는 이가 없어 상관없겠지만 중도파에선 이탈자가 생길 수도 있었다.

그들 중 진심으로 진호철과 동심회를 따르는 이는 삼분지 일이나 될까. 나머지 삼분지 이 중 하나는 이가연합이나 인의회와 손잡은 걸로 불이익을 당할까 염려돼 부산스럽게 충성을 다하는 시늉을 하고 있고.

마지막 남은 세는 주위를 살피며 침묵하는 이들로 목적을 짐작하기가 어려운 데다 어떨 땐 필요 이상으로 크게 나서고 또 어떨 땐 숨소리조차 내지 않고 없는 척하는 이들이었으니.

"하필 제갈세가의 숨통을 조이기 직전 이런 일이 일어나다니. 혈사방이 실마 제갈세가 좋으라고 이런 짓을 꾸미진 않았겠지?"

홍개가 어깨를 으쓱거리며 한 말에 청운자가 냉소를 퍼부었다.

"미친 게냐?"

"그냥 해본 소리다."

"그냥 뭐하러 그런 소릴 해? 아무짝에도 쓸모없는 소릴."

혈사방이 돌지 않고서야 그럴 리가 없고 그렇다고 제갈세가가 혈사방과 손을 잡았을 리는 더더욱 없으니 다들 청운자에게 공감해 홍개의 실없음에 피식 웃는다.

"그만 들어가자꾸나."

진호철이 진이현에게 말했다.

머릿속으로 온갖 계산을 진행하고 있던 그가 잠시 셈을 멈추고 아버지와 어깨를 나란히 했다.

아버지에겐 그게 가장 힘이 된다는 걸 알고 있으니까.

유청이가 있었으면 좋았을 텐데. 언제쯤 돌아올는지.

진이현과 진호철 두 부자는 같은 생각을 하며 저도 모르게 북경이 있는 방향을 곁눈질했다.

"혈사방 소방주가 그렇게 무시무시하다며?"

"응, 응! 자기랑 얘기 나눌 만한 배분이 되는 이가 없으니 무림맹에 직접 오지 않고 사신과 서신으로만 이야기 나눌 거라고 버티더니만…… 회주님이 손님으로 모시겠다고 청하니 그제야 오잖아."

초대받지도 않았는데 먼저 와서 엉덩이 뭉개는 모양 빠지는 모습을 보이진 않겠다는 자존심인가?

"그건 무시무시한 게 아니라, 뻔뻔한 거잖아."

진호가 무진에게 핀잔을 줬다.

"그런가?"

무진이 멋쩍었는지 반짝거리는 머리통을 긁으며 배시시 웃는다.

"지금쯤 무림맹에 들어왔겠네? 보러 갈까?"

진호의 말에 무진이 고개를 끄덕여 둘은 동심회 처소를 나와서 임시로 혈사방 소방주가 묵기로 한 점창의 숙소 인근으로 갔다.

정문을 통과했다니 이곳을 지날 터였으니까.

처음 혈사방 소방주의 처소를 어디로 정할지에 대해 의견이 분분했는데 무림맹에선 특급 객실이 없었다. 왜냐하면 특급으로 모실 만한 이들은 다 거대 문파 소속으로 각자의 단체에 배정된 처소가 따로 있었으니까.

그래서 잠시 고민하다 혈사방 소방주가 묵을 만한 곳으로 현재 주인이 자리를 비운 상태에 제자들도 많이 사라지거나 본산으로 돌아가 처소가 횅한 점창이 뽑혔다.

현재 장문인을 대신해 점창을 지키고 있는 장로 가경학도 예상보다 금세 수긍해 받아들인 상태로 이야기가 끝났다.

"저기다, 저기!"

한 무리의 낯선 이들이 걸어오고 있었다.

항시 맑은 기운이 가득한 동심회 사람들과는 정반대되는 음울하고 끈덕진 공기가 주위로 퍼진다.

그중 가운데 서서 무서운 사람들에게 몇 겹으로 칭칭 감긴 채 다가오고 있는 소년이 있었다.

사람의 벽 때문에 소년을 제대로 보기 어려웠지만 무진이나 진호는 수하인 사내들 틈바구니로 애써 얼굴을 내밀려는 녀석을 찾아낼 수 있었다.

"쟤야?"

그렇게 건방진 소릴 할 만큼 오만한 녀석 치고는……어쩐 저리.

"피죽도 못 얻어먹은 어린애 같아."

낯빛도, 비실하게 가는 팔다리도. 자신들과 몇 살 차이 나지 않는다고 들었는데 그보다 더 어려 뵀다.

근데.

"으응?"

진호가 눈을 깜빡거린다. 빤히 전해지는 시선을 느꼈는지 주변을 두리번거리던 소방주란 녀석이 두 눈을 맞춰온다.

그리고 벙긋거리는 입 모양.

살. 려. 줘?

"왜 그래, 진호야?"

"저기 쟤가……."

진호가 검지로 이원형을 가리키려 했으나 어느새 누군가의 손에 어깨를 잡혀 다시 안쪽으로 끌려 들어가 가려진 녀석은 다시 나오지 못했다.

"왜 그래? 넋 빠진 사람처럼?"

무진이 진호를 툭툭 쳤다.

혈사방 무리가 그대로 점창의 처소로 들어간다. 그들이 모두 들어가고 문이 닫혔음에도 진호는 그곳에서 시선을 떼지 못했다.

"내가 진짜라 하지 않았나. 크하하하하!"

감히 제갈세가의 소가주가 제 목을 걸고 하는 말을 믿지 않다니!

하정기의 보고를 받은 제갈건이 크게 웃었다.

혈사방 소방주가 점창의 처소에 묵는다는 것도 재미있

지만 무엇보다 저들이 원하는 게 자신이 갖고 있는 장보도, 즉 미서(謎書)라는 게 너무 마음에 들었다.

이번에 점창과 청성 등에 몰래 말을 전했을 때 동심회에 대한 원한을 일깨움과 동시에 제갈건이 미끼로 꺼내든 게 바로 장보도 해석본이었는데.

몇몇 중도파 놈들이 글쎄, 믿지를 않는 거였다.

그런 게 있으면 제갈세가에선 왜 찾으러 가지 않았냐면서.

또 일전에도 한 번 거짓된 풀이로 동심회를 낚으려 한 적이 있었는데 이거라고 해서 어찌 믿을 수 있겠냐면서.

장보도를 해석하는 데 도움을 준 이들의 정체를 알 수 없으니 함부로 행동할 수 없어 그랬다곤 말해줄 수 없는지라 속만 타던 차에……

혈사방이 자신을 도운 것이다.

이제 조금 더 숨 쉴 여유가 생겼다.

최악의 경우래 봤자 장보도를 빼앗기는 건데 어차피 해석이 끝난 데다 가주인 제갈인창이 병적으로 집착하고 있으니 그를 죽이기 전엔 가능하지 않으리라.

자신의 입장에선 그래주면 더 고마울 테고.

하여튼 그건 부차적인 것. 제갈건은 당장 해야 할 진짜 큰일이 있었다.

"점창의 역할이 아주 중요하다는 걸 가 장로에게 상기

시켜 절대 잊지 않도록 하게나."

"네, 소가주님."

하정기가 대답했다.

"잘 풀리기만 하면 역전이 가능해."

제갈건이 마른침을 삼키며 중얼거렸다.

갑자기 하늘이 다시 자신의 편이 된 것처럼 일이 술술 풀리고 있었다.

第八章

덫!

"어르신들에게 말씀드리는 게 낫지 않을까?"

무진이 진호를 잡자 진호가 고갤 저었다.

"벌써 엊그제 일인데다, 내가 제대로 본 건지 아닌지도 모르겠는데…… 잘못 본 거면 안 그래도 바쁘신 분들 괜히 신경만 쓰시게 한 게 되잖아."

진호는 그게 걱정이었다.

게다가 아무리 생각해 봐도 혈사방 소방주가 왜 무림맹의 그것도 자신 같은 애송이에게 살려달라 부탁을 했는지하는 거.

장난인가?

놀리는 건가?

별의별 생각이 다 들었는데도 무시는 안 됐다.

퀭한 눈으로 자신을 바라보는 혈사방 소방주란 아이가 너무 불쌍해 보여서.

꼭 어렸을 적, 유청이가 손 내밀어 주기 전의 마진호 자신처럼.

"그럼 오현이나 영이랑 같이 가는 건 어때?"

무진이는 영 걱정이 되는 모양.

"오현인 학관 일 때문에 바쁘고 영이는 그 옆에 찰싹 달라붙어서 안 떨어지잖아."

"우웅. 그, 그러면…… 혀, 혁이는?"

저가 말하면서도 이건 아니다 싶었는지 무진이 얼른 고개를 휘휘 저었다.

"이건 그냥 취소."

"응. 저기 혼자 가는 거보다 남궁 공자한테 같이 가자고 하는 게 더 위험할 거 같아."

남궁혁은 조금만 마음에 안 들어도 손부터 올라가니까.

"진짜 혼자라도 갈 거야?"

"응."

그때보다 좀 나아졌다 해서 오지랖 부리는 자신의 마음이 부끄러웠는지 그래서 더 한 번쯤은 동경의 대상인 유청이처럼 굴어보고 싶었는지.

조용하고 심약한 편인 마진호가 평생 처음 모험을 해보

려 했다.

"에이……."

무진이 쩝쩝 입맛을 다시다가 어쩔 수 없이 진호를 따랐다.

혼자 보내기에 진호는 너무 겁이 많아서 걱정이 됐다. 무공이 약하진 않은데 누가 따라오면 다리가 떨려서 넘어져 잡힐 거 같은 친구였던 거다.

"같이 가주는 거야?"

"어쩔 수 없잖아. 위험하면 내가 구해줄 테니까아, 걱정하지 말아."

무진이 헤헤 하고 웃는다.

"나도 혼자선 도망 안 칠게! 절대로!"

진호가 크게 고개를 끄덕이며 대답했다.

일단 안으로 들어가는 건 어렵지 않았다. 인근을 지키는 이는 동심회의 안면 있는 분들이었으니 딱히 둘을 눈여겨 보지 않고 인사만으로도 무사통과.

점창의 숙소로 드나드는 입구들은 지키는 자가 없었다.

인의회가 산산조각 난 이후론 점창의 문을 열고 나오는 이는 있어도 열고 들어가는 이는 없었으니까 당연한 일이려나.

엊그제부터 혈사방이 함께 지내게 돼 혹시나 했지만,

그들은 점창에 배정된 숙소 가장 깊숙이 위치해 있는 장문인 최석의 처소 인근 전각을 통째로 사용해 그 근방만 조심하면 다른 곳은 여전히 드나들기에 여유가 있는 편인 듯했다.

"이제 어쩔 거야?"

무진이 묻는다.

"그, 그게……."

진호가 머릴 긁적이며 눈에 띄게 당황했다. 스스로 어떤 판단을 하고 이렇게 나서본 게 처음인 터.

슬그머니 점창의 숙소까지 들어와 이렇게 헤매고 있으려니 왠지 일이 너무 커진 건 아닌가 싶어 겁도 덜컥 나고. 어쩌면 좋지?

지금이라도 그냥 나가야 하나?

고민하던 마진호가 조금 창피하긴 했으나 어쩔 수 없단 생각에 무진의 옷자락을 잡고 끌어 밖으로 나가자고 하려는 순간.

"숨자!"

오히려 반대로 잡아당겨져 구석진 담벼락 그늘에 몸을 숨긴 채 납작 엎드린 형상을 취하게 됐다.

"왜?"

마진호가 숨을 몰아쉬며 작게 묻자 무진이 턱 끝으로 자신들이 서 있던 길목 저편을 지나가는 이들을 가리켰다.

그들은 끝까지 남아 이곳을 지키고 있는 얼마 되지 않는 점창의 제자들로 뭔가 바쁜 일이 있는 건지 낯빛을 굳힌 채 잰걸음으로 어디론가 향하고 있었다.

"무슨 일 있나?"

무진이 입술을 툭 내밀며 고개를 갸웃거리자 마진호가 핼쑥해져서 침을 꿀꺽 삼킨다.

"설마 우리, 들킨 거 아냐?"

"에이…… 그럴 리가. 그리구 우리가 뭐 얼마나 대단한 사람들이라고 저렇게 정색을 하며 찾아다니겠어, 안 그래?"

물론, 소림 방장의 애제자와 개방 장로의 하나뿐인 제자라는 배경을 보면 절대 별거 아닌 위치라곤 할 수 없었지만…… 아직은 점창과 같은 무림맹의 일원으로 함께 지내고 있는 만큼 이곳에 들어온 게 발각됐다 하여 저들에게 저만치 잔뜩 경계심을 북돋게 할 정도는 아니라는 뜻.

"어디 있는 거지?"

마지막으로 스쳐 지나가던 점창 제자의 목소리가 흐릿하게나마 둘의 귀를 두드렸다.

그리고 이내 여기저기서 산발적으로 사람들의 기운이 느껴졌다. 여기저길 들쑤시며 수색을 하고 있는 듯.

우씨.

"뭘 찾는 거든 간에 일단 피해야겠다, 얼른 와. 진호야."

무진이 진호를 챙겨서 조심스레 움직였다.

위험인물은 아니지만, 점창과 사이가 괜찮은 편이 아닌데다 혈사방 소방주도 머물고 있는 이곳에서 자신들이 발견되면 딱히 좋을 일은 없을 테니까.

둘의 그림자가 후닥 꼬리를 말고 사라졌다.

퍼억!

발을 들어 올려 그대로 앞에 선 사내를 차 버린 기덕진이 노기를 토했다.

"어떻게 그 어린놈조차 제대로 감시하지 못하고 놓치는 게냐?"

바닥에 나동그라진 소현당 소속 무인이 사색이 돼 벌떡 일어났다.

"죄송합니다! 경계를 느슨하게 풀어진 척하라는 명에 따르느라 조금 멀찍이서 감시하다가, 그만……."

툭 치면 고꾸라질 것처럼 병약해 보이던 소방주가 시중 들라 들여보낸 하녀를 기습해 쓰러트리고 여장을 한 뒤 바깥으로 나와 도망을 칠 거라고는 생각도 못한데다.

거리가 벌어진 상태에서 하녀의 가냘픈 체구나 또래보다 마르고 작은 이원형의 몸집이 비슷해 고개를 푹 숙이고 지나가는 소녀를 의심할 여지가 없었다.

"그걸 변명이라고 하다니. 들여보내랬지, 누가 내보내

라고 했나!"

기덕진이 손을 뻗어 수하의 턱 밑을 엄지와 검지 사이의 푹 파인 곡선에 끼운 뒤 들어 올렸다.

"크흑!"

목이 졸린 상태로 발이 점점 허공으로 뜨자 사지를 허우적대던 사내가 게거품을 물며 숨이 넘어가기 직전 기덕진이 그를 바닥에 내팽개쳤다.

여기가 무림맹의 영역이 아니었다면 주저 없이 모가지를 꺾어 버렸을 것.

"또다시 실수를 저질러선 안 될 게다."

기덕진의 목소리에 살기가 잔뜩 깃들었다.

"후우, 후우."

이원형이 입술을 질끈 깨물고 주위를 둘러봤다.

여장을 해서 의심을 덜 받고 여기까지는 왔는데 좀 전에 보니 지나가던 하녀들을 붙잡아 구석구석 살피는 게 아무래도 자신이 어찌 도망쳤는지가 밝혀진 모양.

곧 잡히는 일만 남았다 여겨지니 눈앞이 캄캄해졌다. 자신이 왜 이런 꼴이 돼야 하나?

"살려 달랬는데, 안 오다니."

이원형은 이곳에 들어와 간히기 직전 눈이 마주쳤던 이에게 마지막으로 절실한 구원을 요청하고 제발, 제발 하며 빌었다.

실낱같은 희망을 걸었는데 기대가 깨어지니 원망이 피어오르고, 조금만 도와줬으면 지금보단 나은 상황을 맞이할 수 있지 않았을까 싶어 억울해졌다.

"이제 어디로 가야 하지?"

이원형이 털썩 주저앉은 채로 중얼거린다.

담을 넘어 다른 문파가 있는 곳으로 가서 도움을……

그런데, 과연 누가 생면부지의 적대 세력인 혈사방 소방주를 도와줄까?

양아버지는 반역죄로 처벌당하고, 친아버지는 살해당한 자신 같은 이를.

이원형이 불끈 치솟는 설움에 꺽꺽거리며 울음을 터트릴 뻔했다가 억지로 참는다. 그 때.

누군가 나타났다. 이원형처럼, 점창의 숙소를 쥐 잡듯 뒤지는 무사들을 피하기 위해 구석으로 이동해 온 이들.

"와아. 여기 엄청 넓다."

어째 인원이 몇 배나 되는 동심회 숙소보다 넓고 휘황찬란한 게 대단해 보였다.

"지금 감탄할 때야?"

마진호가 한숨을 푹 내쉬지만 무진은 연신 눈을 동그랗게 뜨고 구경하느라 바쁘다.

무림학관과 동심회 숙소, 지금은 죽고 없지만 아주 예

전에 남상겸에게 유청이의 말을 전하기 위해 찾아간 적을
제외하면 무림맹 내에서 가본 곳이 별로 없기 때문이었다.

"걱정하지 말구우. 빈틈이 생기면 바로 나가면 되니
까."

무진이 진호를 위로하다가 맞은편에 있는 소녀를 봤다.

헝클어진 머리카락에 대충 걸쳐 입은 듯 단정하지 못한
옷매무새.

"어디 아픈 앤가?"

고개를 갸웃거리는 무진에게 진호가 말했다.

"아냐. 여자애가 아닌 거 같아."

선은 가늘지만 여자라고 하기엔 좀. 게다가 저거, 분명
눈에 익은 얼굴인데, 아아.

혈사방 소방주라는 녀석이다!

"너!"

소방주도 진호를 알아본 듯. 눈을 크게 뜨고 벌떡 일어
나는데…… 이런!

"누가 또 온다."

신호를 준 무진이 고민했다. 자신들 둘이라면 모를까.

쫓는 이들이 이렇게 가까이 있는데, 무공을 모르는 거
같은 소방주까지 달고 도망치기는 무리였다.

"나, 버리고 가면 너희가 나 납치했던 거라고 할 거
야."

위기감이 느껴졌는지 이원형이 독기 어린 목소리로 협박했다.

"뭐?"

마진호가 멍하니 되묻는 말에 이원형의 눈동자가 새파랗게 빛났다.

마진호와 무진은 어차피 그럴 생각도 없었건만 자신들에게 화를 내는 이원형을 이상한 눈으로 봤다.

뭐, 저런 게 다 있지?

자기가 원망을 쏟아부을 대상은 따로 있는 거 같은데, 말이다.

이원형으로 인해 당황해 도망칠 틈을 놓친 둘이 공격을 대비해 기운을 끌어올리는데……

"여긴 아무도 없습니다."

셋이 뭉쳐 있는 곳을 가리키는 차분한 목소리가 저편에서 들려왔다.

"다 확인했느냐?"

"네. 살펴보았는데 흔적이 보이지 않습니다."

그 대답을 끝으로 총총거리며 사라져 가는 이들. 하지만 끝까지 한 명이 자리를 지킨 채 거기에 서 있었다.

아마 자신들을 도와준 이리라. 대체 누굴까?

"어쩌지?"

진호가 무진에게 묻는다. 무진도 이런 일에 그다지 경

험이 없는 터라 고민하긴 했지만 결국 앞으로 나섰다.

저 사람이 여기 자신들이 숨어 있다 외치기만 해도 방금의 위험이 다시 짓쳐 들 텐데 굳이 빼서 뭐하겠나.

"도와주셔서 감사합니다. 이름을 밝혀주실 수 있으십니까?"

"내세울 만큼 대단한 이름은 없지만⋯⋯."

맞은편에서 안색이 어둡지만 잘생긴 청년 한 명이 뚜벅거리며 걸어왔다.

"사도진?"

무진과 진호가 동시에 외쳤다.

"거기 계속 있을 게 아니라면 따라와라. 지금은 점창의 숙소 곳곳에 혈사방의 소현당 무인들이 쫙 깔려 있으니 위험하고. 이따 틈을 봐서 내가 아는 비밀 통로를 통해 내보내 주겠다."

그전까진 일단 안전한 곳에 숨겨줄 요량인 듯.

"⋯⋯왜 우릴 도와주는 거야?"

진유청과 사도진의 사이는 인의회와 동심회 가운데 놓인 간극만큼 멀었다.

그렇다고 진호나 무진은 학관 출신이 아닌지라 사도진과 엮이는 일 자체가 없던 이들이고. 그저 후기지수로 안면 정도 익힌 사이가 전부.

한데도, 점창 내에서 혈사방 소방주가 사라지면 후에

책임을 논할 때 빠져나가기 어려울 거란 걸 알면서도 자신들을 숨겨주는 게 의아했던 것이다.

"빚이 있다."

"응?"

"너희의 친구에게 빚이 있다. 만약 날 따르기 싫다면 못 본 척해줄 테니 알아서 도망쳐도 상관없고."

유청이를 말하는 건가?

어쨌든 도와주겠다는 데 마다할 상황은 아니었으므로 무진과 진호가 고개를 휘휘 내저었다.

"아냐, 고마워!"

어떻게 해야 되나 막막했는데, 정말 다행이다.

무진과 진호 두 녀석이 서로 눈을 마주보며 히잇 하고 웃었다.

다음 날 아침, 무림맹이 발칵 뒤집어졌다.

"혈사방 소방주가 사라졌다고?"

"네, 그렇다고 합니다."

진이현도 보고를 듣고 바로 와서 아버지에게 전한 참이라 더 자세한 건 알지 못했다.

"이게 그들이 노린 꿍꿍이인가?"

이제 무림맹은 혈사방에게 본격적으로 추궁을 당하게 될 터. 혈사방의 압박도 압박이겠지만……

누가 혈사방 소방주를 노렸는지 내부에서 서로를 의심하느라 분열이 일 테고 그를 찾기 위한 수색과 추적을 위해 무림맹의 재화와 사람을 풀어야 하게 생겼다.

"무림맹에 들이지 말 걸 그랬나 봅니다."

"아니다. 어차피 저들이 마음먹고 행한 거라면 무림맹 내로 들이지 않았어도 무림맹 인근에서 똑같은 일이 벌어졌을 게다. 그러면 수색 범위도 훨씬 넓어질 테고 혈사방에서 직접적으로 나서서 소방주를 찾겠다고 강경하게 나설 수도 있으니. 차라리 이게 낫다."

"이상한 게, 점창 숙소 인근을 지키고 있던 분들 얘기로는 어제 저녁부터 점창의 숙소 내부에 소란이 인 거 같았는데 별다른 언질은 없었고. 밖으로 나온 이도 아무도 없었다고 합니다."

동심회 무인들 중 사람을 뽑아 점창 숙소 주위를 보호 겸 감시하게 했는데 그중에 오자경과 장웅이 포함돼 있었다.

다른 사람도 아니고 그 둘이 번갈아 주변을 지켰다 했으니 안에서 밖으로 나온 이가 감쪽같이 사라지긴 어려웠으리라.

더더군다나 무공도 잘 모르는 소방주가 사라졌다는데 점창의 숙소 밖으로 나선 이가 없다는 건······.

"아직 안에 있는 건가?"

"그럴 가능성이 높다고 봅니다."

진호철이 진이현을 대동해 집무실을 나서자 동심회와 중도파의 인물들이 그를 기다리고 있었다.

"제가 늦었습니다."

소림 방장 목인이 고개를 저었다.

"아니네. 이현이에게 이야긴 다 들었는가?"

"예. 아무래도 점창에 양해를 구하고 점창의 숙소를 수색해 봐야겠습니다."

"그들도 혈사방의 요청을 받고 최선을 다해 찾아보았노라고 하던데. 순순히 허락해 주겠나?"

자기들의 숙소를 타 문파에게 내어 준다는 건 점창의 위신이 그만큼 떨어졌다는 걸 나타낸다고 여겨 자존심 때문에 물러나지 않으려 할 테고. 이미 한 차례 소방주의 행적을 찾았으나 실패한 점창의 능력을 의심한다는 이중적 의미를 가졌으니.

"그래도 물어봐야지요. 그러고도 안 되면······."

진호철은 실력 행사란 말이 아주 싫었다.

대체 자기가 그리고 자신이 속해 있는 세력이 뭐라고 실력을 행사해 다른 이를 압박한단 말인가.

하지만 이런 경우에는 무림맹 전체의 안위가 걸려 있는 만큼 어쩔 도리가 없었다.

"알았네. 일단 가보지."

목인이 진호철을 다독이는 눈빛으로 바라보더니 고개를 끄덕였다.

동심회와 중도파의 수뇌부들이 점창의 숙소 쪽으로 이동했다.

"아, 이 녀석. 대체 어디 가 있는 거야? 무진이랑 같이 상방 오호에서 잤나?"

"왜 그러십니까?"

장웅이 제법 친분이 깊어진 홍개에게 묻자 그가 대답했다.

"우리 진호가 안 보여서 말이야."

"어? 진호라면 어제 제가 보초 설 때 무진이와 같이 있는 걸 그 근방에서 봤습니다만."

"그런가? 하라는 수련은 안 하고 또 놀러 다녔나 보군. 에휴우우. 언제 철이 들려고. 아주 혼쭐을 내줘야겠네."

홍개가 투덜대자 장웅이 피식 웃었다.

말은 저리 해도, 진호의 처량하게 축 처진 눈꼬리만 보면 우리 제자 무슨 또 안 좋은 일 있었던 거 아니냐며 전전긍긍하는 홍개를 잘 아는 탓.

"아직은 노는 게 좋을 때이지 않습니까."

"노는 거야 언제나 좋지, 평생 좋지. 다 늙은 뼈다귀로 겨우 돌아다니는 나도 아직도 노는 게 좋은 데 말해 뭐해!"

청운자의 제자인 유호선은 무당에서 한 걸음도 나오지
않고 청정 수련을 한다는 데.

홍개는 이번만큼은 절대 그냥 넘어가지 않겠다고 다짐
했다.

"가 장로님. 왜 나와 계십니까?"

"천하의 동심 회주가 오신다는 이야길 들었는데 어찌
앉은 자리에서 맞이할 수가 있겠습니까."

날이 선 가경학의 말에 진호철이 쓴웃음을 지었다.

만약 인의회가 한 짓이 무림맹 내에서 벌어졌다면 그들
은 이가연합보다 더한 벌을 받았어야 할 텐데. 분리돼 있
던 화산파의 반이 동심회 쪽이었고 모용세가는 아예 끼어
들 여력 자체가 없어 지지부진했던 게 이나마라도 점창을
지켜준 거라는 걸……

가경학은 죽어도 인정하지 않을 듯.

"변고가 있었다고 들었습니다. 혹여 우리가 할 수 있는
게 있을까 싶어 온 참이니…… 허락해 주시겠습니까?"

최대한 돌려 마음 상하지 않게 이야기를 하는 진호철을
빤히 보던 가경학이 한 걸음 옆으로 물러났다.

정문 가운데 버티고 있던 그가 물러나자 뒤를 지키고
있던 점창의 제자들도 한편으로 비켜난다.

"혈사방에선 우리에게 소방주의 행적을 찾게 도와달라

했고, 우린 그리했으니 우리가 여러분을 모신 것에 대해서도 탓하지 않을 겁니다."

아직은 실종된 지 얼마 안 된 상태. 납치와 같은 좋지 않은 일에 연루된 증거가 없으니 혈사방에서도 최대한 참고 있는 모양.

하나 그와는 별개로 가경학이 예상외로 순순히 아주 협조적으로 나오는 게 왠지 찜찜했으나……

"감사합니다."

지금 상황에서야 그저 인사를 할 밖에.

진호철과 일행이 점창의 양해 속에 그들의 숙소로 걸어 들어갔다.

"없습니다."

"여기도 없습니다!"

물 반, 고기 반이라 했던가.

여기는 사람이 반이요, 빈 공간이 반이라 해도 좋을 만큼 빽빽한 인원이 들어차 있었다.

"흐음."

진호철이 고민했다.

이런 때에 혈사방과 마주하는 건 서로에게 좋지 않은 데다 만약 그들이 자기들의 소방주를 일부러 숨기고 있는 거라면 다른 곳을 뒤지고 있는 동안 내어놓길 바라는 마음으로 일부러 멀리 떨어진 곳에서부터 천천히 훑어 올라가고 있던 찬데……

"이제 우리 장문인께서 쓰셨던 처소와 혈사방의 처소만이 남았습니다."

저와는 상관없는 일이라는 듯이 무표정한 얼굴로 팔짱을 낀 채 느릿하게 따라오던 가경학이 말했다.

"이왕 시작한 것이니 저기까지 찾아보는 게 좋겠지요?"

진호철이 의견을 묻자 어르신들이 동의했다.

점창 장문인의 처소와 혈사방의 처소 둘 중……

"저기 누가 있나 봅니다."

진호철이 점창 장문인의 처소를 바라보며 말했다. 무공이 그다지 높은 편이 아닌 진호철이 느꼈을 정도이니 여기 모인 이들 중 알아채지 못한 이가 없으리.

"가보세나."

목인이 진호철을 보호하듯 옆으로 붙자 진이현이 앞장서서 걸어간다.

"혹시 점창 장문인께서 돌아오신 건가?"

장웅이 고개를 갸웃거리자 오자경이 녀석의 뒤통수를 후려쳤다.

"이 미련한 곰 새끼야. 너 같으면 그런 쪽팔린 짓을 하고 나서 아무도 몰래 장문인 처소로 숨어들어 가서 쥐새끼처럼 웅크리고 있겠냐?"

그건 정말이지 최악이었다.

그리고 점창의 숙소 내에서 사실이라 더 뼈아플 이야길 입에 담은 오자경도 문제는 문제.

저를 죽일 듯 노려보는 시선과 살기에 오자경이 선 고운 얼굴을 찡그리더니 한쪽 눈을 가리고 있는 안대를 매만지는 척하며 장웅만 남겨 놓고 이현을 뒤쫓았다.

자기들은 별의별 소릴 다 하고 별의별 짓을 다 하면서 우리는 없는 말을 한 것도 아닌데 저런다 싶어 부아가 좀 치밀긴 했으나 상황이 상황인 만큼 한 번 참았다.

"인기척이 둘인데. 점창 장문인께서 그새 친구라도 사귀셨나?"

이죽거리며 농을 툭 뱉어낸 오자경이 진이현의 옆에서 장문인 처소의 문을 손으로 활짝 열어젖혔다.

"안녕하시……."

오자경이 입을 다문 뒤 얼른 문을 닫으려 했다.

"무슨 일인데 그러십니까?"

눈을 빛낸 가경학이 얼른 다가와 그를 막아선다.

오자경은 빙글 몸을 돌려 제 몸으로 방 안의 상황을 가려보려 했다. 하지만……

밖엔 사람이 너무 많았다.

동심회 식구들과 중도파, 그리고 점창파. 게다가 자기들이 배정받은 처소 인근에 소란이 일자 소방주와 연관된 일이란 걸 직감하고 밖으로 나와 지켜보고 있는 혈사방 무사들까지.

그래서 모두 보았다.

오자경과 진이현 둘 사이에 벌어진 틈으로 보이는 장면을.

"진호야? 네, 네가 거기 왜?"

홍개가 두 눈을 부릅뜬 채 묻는다.

그랬다.

점창 장문인 최석의 처소에는 마진호와 무진 그리고……

"그토록 찾았는데 못 찾았던 분이 여기 계시군요. 한데, 이 일을 어찌해야 할지."

가경학이 혀를 쯧, 쯧 찬다.

그는 진호철을 비롯해 동심회 사람들의 얼굴이 썩은 빛깔이 되어가는 걸 찬찬히 지켜보며 눈을 번쩍거렸다.

챙그랑!

마진호가 손에 들고 있던 피 묻은 단검을 바닥에 떨어트리며 머리를 좌우로 마구 흔들었다.

"제, 제가 안 그랬어요!"

"그럼 거기 있는 소림 방장의 제자분이 저지른 일인가?"

가경학이 구석에 몸을 웅크린 채 아직도 자고 있는 무

진을 가리켰다.

"우웅…… 무슨 일이야?"

웅성거리는 소리와 따가운 기운에 억지로 눈을 뜬 무진이 손등으로 두 눈을 부비며 일어나서 잠이 덜 깬 얼굴로 진호를 찾아 두리번대다가 가슴에 피를 흘린 채 쓰러져 있는 혈사방 소방주란 녀석과 발치에 칼을 떨어트린 채 넋이 나가 있는 진호를 발견했다.

"뭐야!"

너무 놀란 무진이 네 발로 기어서 진호에게 갔다. 진호의 손에 피가 묻어 있다.

"다쳤어?"

"내 피 아냐. 내, 내가 아냐. 안 그랬어."

"알아, 알아."

같은 말을 되풀이하는 진호를 부둥켜안은 채로 무진이 어쩔 줄 몰라 한다. 그리고 빛이 잔뜩 쏟아져 들어오는 활짝 열린 방문 저편으로 고개를 돌리니……

무진이 알고 있는 모든 이가 진호와 자신을 보고 있었다.

혈사방 소방주가 살해됐다.

그것도 동심회 소속인 무진과 마진호, 두 사람에게.

쉬이이익!

서늘한 바람이 모인 이들의 뼛속까지 훑고 지나갔다.

"으아아아아함!"

기지개를 쭉 편 유청이 배를 긁적거리며 객잔 이층에서 내려왔다. 북경을 나온 이후 한 번도 쉬지 않고 이동하다 꼴이 너무 흉한 거 같아 하남을 넘어 호북 수주에 닿자마자 하루 쉴 곳을 찾아 목욕을 한 뒤 푹 자니 몸이 가뿐했다.

사실 북경에서 내려오는 길에 하남을 지나는지라 잠시라도 진가장에 들렀다 나올까 했으나 꾹 참았다.

하남성에 가면 정 없이 진가장만 딱 들렀다 나올 순 없는 노릇 아니겠나.

마가장도 들르고 유검문도 들르고…… 그러다 금오 상단에 가서 상단주 어르신과 혜아 얼굴도 보고.

소식도 전하고 하다 보면 시간이 훌쩍 갈 테니, 그럴수가 없었던 것이다.

"얼른 정리하고 돌아가면 되지."

다같이, 함께.

미친 황제와 빌어먹을 혈사방 그리고 성질 더러운 황태자가 더 큰 사고만 치지 않는다면 말이다.

"뭘 드릴까요?"

점소이가 다가와 진유청에게 물었다.

"국수와 만두 주세요."

간단하게 배를 채우고 출발할 생각.

음식을 기다리며 앉아 있는 데 기분이 참 묘했다.

비참하게 죽고 다시 태어나서 진짜 여러 가지 큰일이 많았는데 이렇게 평범하게 객잔에서 파는 음식을 들며 사람들을 구경하는 거, 이게 아주 특별하게 느껴질 만큼 드문 일이었다는 데에 생각이 미친 거다.

"맛있게 드십시오!"

점소이가 능숙한 솜씨로 부드럽게 탁자 위에 그릇을 내려놓은 뒤 꾸물거리자 진유청이 피식 웃으며 동전 몇 개를 건넨다.

"감사합니다!"

크게 외친 점소이가 기분 좋아하며 돌아서자 진유청도 젓가락을 들었다.

"괜찮군."

국수가 깔끔하니 입에 맞았다. 유청이 이번엔 만두를 향해 손을 뻗다가……

하노, 라고 쓰인 글자를 봤다.

진유청이 점소이가 있는 쪽을 힐끔거리자 그가 뒷짐 지는 시늉을 하며 손가락으로 객잔 후원으로 나가는 문을 가리켰다.

점소이도 진유청도 그걸로 끝. 서로 더 이상 아는 척은 하지 않았다.

진유청이 서두르지 않고 식사를 끝마친 뒤 충분한 돈을 탁자 위에 내려놓고 후원 쪽으로 걸어 나갔다.

아주 오랜만에 보는 얼굴이 있었다.

"오랜만이네요."

하노가 고개를 끄덕이더니 품에서 과자 꾸러미를 꺼내 유청에게 건네줬다.

"요즘 진 공자님 이야기를 하도 많이 들어 꼭 학관에서 매일 봤을 때처럼 가까이 느껴졌습니다."

"그러셨습니까?"

유청이 과자 꾸러미를 받아 품에 챙겨 넣은 뒤 하노의 손을 꼭 잡으며 대답했다. 예전엔 왕노의 주름지고 꺼칠한 손과 달라 의혹을 불러일으켜 결국 정체를 알게 해주었던 그 손이······

"이게 다 진 공자님 때문입니다. 진 공자님께서 주셨던 그 강아지가 어찌나 병약한지 천하의 좋다는 약은 다 찾아다니고 사대느라 이 늙은이 곳간이 텅 비고 주름만 남았습니다."

진작 한 번 진유청을 찾아보고 싶었으나 하지 못했던 이유이기도 했다.

"그래서 그 강아지는 이제 좀 건강해졌습니까?"

안색은 푸르고 토악질을 마구 해댔던 더러운 기억만 남긴 사건, 에 관해 묻는다.

"여전하지만 그래도 내일 무슨 일 나면 어쩌나, 모레 무슨 일 나면 어쩌나 하는 걱정은 하지 않아도 돼서 다행입니다."

"그렇습니까? 아, 독비쾌검이란 별호를 가진 그의 할아버지가 와서 학관에서 난동을 피웠다던데 얘기 들으셨습니까?"

"네. 그 이야길 듣고 수소문해서 만나 뵙게 됐습니다. 덕분에 하오문이 분에 넘치는 호법을 얻게 돼 거기에 대해선 진 공자에게 항상 감사하고 있습니다."

오오! 독비쾌검이 하오문과 인연을 맺었구나.

하긴, 손자의 병 때문에 무림맹에 머릴 숙였던 분이시니 진심으로 사견을 아끼고 병을 낫게 해주려 애쓰는 하노를 보고 마음이 크게 움직이신 모양.

잘된 일이다.

인연이란 게 거미줄 같아서 진유청 자신이 세로로 놓은 날실에 하노가 가로로 놓은 씨실이 교차돼 독비쾌검과 이어진다.

누군가의 인연과 운명이 타인과 만나 생성되는 한 장의 긴 천은 우리의 인생이고 세상의 흐름인 것.

"자, 이제 근황과 안부도 서로 주고받았고. 이제 말씀해 보세요. 무슨 일입니까?"

그렇지 않고서야 북경을 떠나 이곳까지 오는 진유청 자

신의 행로가 얼마나 빨랐는데 그걸 다 계산해 미리 준비하고 기다리고 있었겠나.

그간 들른 마을도 몇 개 되지 않는 데도 불구하고 이 정도라니. 알려진 하오문의 능력은 실제 지닌 것보다 반밖에 되지 않는 모양으로 상당히 과소평가돼 있는 듯했다.

생각해 보면 저번 생애에서 하오문은 하노의 죽음과 함께 멸문했고 이번 생애에선 문주를 잃지 않고 무림맹에 쫓기지도 않은 상태로 내실을 다졌을 테니 당연한 걸지도.

"저와 헤어지면 최대한 속도를 높이셔야겠습니다. 진 공자님의 친구 분인 개방의 마 공자님이 혈사방 소방주 살인죄로 무림맹 뇌옥에 갇혔다고 합니다."

진유청은 처음엔 자신이 잘못 들었는지 알았다.

뭐?

우리 진호가 혈사방 소방주, 그러니까 이원형 그 자식을 죽였다고?

무슨 말도 안 되는…….

그러면서도 제 가슴팍으로 쑥 밀어 넣은 손끝으로 여기 저길 더듬어 보던 진유청이 한숨을 내쉰다.

단검. 과거에 이원형을 죽이는 도구가 됐던 그 단검이 품에 없었다.

일전 화산파의 대장로 악기태와 매향각주 전용후 폭사 사건 때 만약을 대비해 한수의 손에 들려주었다가 회수하는 걸 잊어버리고 그냥 나와 버린 거다.

"혈사방 소방주가 무림맹에 와 있다 해서 꺼림칙하다 했더니만 그런 수작을 부리다니……."

진유청 자신이 이원형을 죽였을 때도 돌이켜 보면 뭔가 이상한 점이 많았다.

마치 그렇게 해야만 한다는 것처럼 짜 맞춰진 흐름이 음모의 악취를 뱉어낸 것이다.

진유청은 너무 화가 났다.

소중한 이들이 자꾸만 다치고 상처 입었으니까.

진호가 얼마나 무섭고 겁이 나 있을지 진유청은 너무나 도 잘 알았고, 그래서 더 속상했다.

"얼른 가보십시오. 지금은 이 얘길 전해드리려 기다린 참이었고. 진짜 인사는 후에 제가 따로 찾아뵙고 하는 걸 로 하지요."

"그전에, 제가 부탁 하나 드려도 되겠습니까?"

"무엇이든 말씀하십시오."

하노는 진유청에게 아주 큰 걸 받았다.

친손자로 여기고 정을 붙이게 된 사건을 데려다 주고, 대도(大盜)로서 하오문의 안위에 대한 걱정보다 개인의 명예를 취하려던 욕심까지 버리게 한 것들만이 아니라, 그것들이 가능하도록 마음을 바꿔 먹을 수 있게 오랜 상 처를 치료해 줬다.

평생 사람 대접 못 받았던 하오문의 늙은 도둑과 쓸모 없는 늙은 하인에서 공자님들의 사랑방이 된 하노의 집, 따스함이 넘치는 배려와 걱정.

그 덕에 하노는 다른 선택을 할 수 있었던 거다.

그러니 하노에게 진유청은 학관 시절부터 그냥 진가장의 진 공자님이 아니었고 지금은 더욱더 그랬다.

진유청이 입술을 달싹이고, 하노가 고개를 끄덕인다.

이야기가 끝나자 진유청은 하노에게 인사를 한 뒤, 바로 사라져 버렸다.

第九章

누명!

"진호야!"

"사부님!"

마진호가 뇌옥에 갇힌 채 창살 안쪽에서 훌쩍거리며 홍개를 향해 손을 뻗는다.

챠르륵, 챠르륵!

마진호가 팔을 움직일 때마다 손목을 죄어 속박하고 있는 쇠사슬들이 부딪치고 끌리며 시끄러운 소리를 냈다.

"대체 어찌 된 게냐, 응?"

내 새끼. 내 제자.

"제가 안 죽였어요, 사부님…… 흐윽……."

"누가 네가 죽였대! 당연히 안 죽였지, 그걸 말이라고

해! 그게 아니라 대체 니가 왜 거기 그러고 있었냐는 게다!"

"이보게. 화내지 말고 천천히. 진호가 자네 때문에 더 놀라겠네."

청운자가 홍개의 어깨 위에 손을 올려 자제시켰다.

"후우. 천천히 그날 있었던 일을 말해보아라."

홍개가 호흡을 고른 뒤 한결 고른 어조로 그날의 일을 물었다.

"혈사방 소방주가 제게 살려달라고 부탁했다는 얘기까지는…… 드, 들으셨지요?"

"그래."

"그 다음에 무진과 동행해서 점창의 숙소로 들어가 헤매다가 혈사방 방도들에게서 도망쳐 나온 소방주와 만나게 됐는데……."

위기의 순간, 갑자기 나타난 사도진의 도움으로 위험을 넘기고 그가 안내하는 곳으로 따라갔더니만 점창 장문인 최석의 처소가 나왔다.

"거, 거기는 계속 비어 있는 곳이고 사연 많은 장문인의 처소라 점창인이라면 누구도 보려고도 오려고도 하지 않으니 가장 안전하다 해서 잠시 머물기로 했습니다."

"하아."

홍개는 절로 나오는 한숨을 막을 수가 없었다.

혈사방 소방주를 데리고 도망치려는 시도 자체도 어이가 없건만, 아무리 점창 제자인 사도진이 괜찮다고 했어도 그렇지, 남의 장문인 처소에 침입하다니.

혈사방 소방주의 일만 아니었다면 이것도 꽤 크게 질책받을 상황이 분명했다.

사부의 눈치를 살피던 마진호는 고개를 푹 숙인 채 말을 이었다.

"셋이 시간이 가기를 기다리는데, 주위를 살펴보고 오겠다던 사도진이 먹을 것과 마실 걸 들고 와서 나눠주었습니다. 좀 더 시간이 걸릴 거 같으니 요기라도 하고 있으라고요."

"그 뒤로 정신을 잃고 깨어나 보니 칼을 가슴에 꽂은 채 피를 흘리며 쓰러져 있는 혈사방 소방주를 발견했고?"

"네. 이상한 느낌에 눈을 뜨니 그 아이가 그러고 있어서 어떻게 해야 하나 하다가 상처를 살피기 위해 칼을 건드렸는데……."

칼은 직각으로 세워져 있던 거에 비해 너무나 간단히 바닥으로 나동그라졌고. 당황한 마진호는 그 칼을 주워들었다.

그때 방문이 활짝 열리고. 있을 리 없고 있어서도 안되는 곳에서 그들은 서로를 마주보게 됐으니.

음모는 참으로 더럽고, 우연은 기가 막힐 만큼 극적으

로 흐름을 이끌었으니.

"아이들을 너무 순하게만 키운 듯하네. 세상 험하고 무서운 걸 알게 했어야 했는데."

힘들고 어려운 건 모두 유청이, 그 아이 혼자 감당하고 혼자 해내어 그런지 다른 아이들은 맑고 착하기만 하였는데, 그게 문제가 될 줄은 정말 몰랐었다.

"난세엔 독하고 모질지 못한 것도 죄가 되니, 지금이 딱 그런가 보네."

평소 싸늘해 다른 이의 감정에 동조하는 일이 그다지 없는 청운자지만 이번만큼은 그럴 수 없었다.

동심회의 아이들은 누구의 제자이든 어느 문파 소속이든 모두 소중했으니. 진호의 일은 언제라도 호선이 당할 수 있는 것이고, 그와 같은 강도로 받아들여졌다.

"그만 나가셔야 할 거 같습니다."

비어 있어 유명무실했던 뇌옥에 어린 청년 한 명이 덩그러니 머물게 되자 처음으로 제 역할을 하게 되고 주목받게 됐음에도 마음이 불편할 수밖에 없던 간수 사내가 조심스레 입을 열었다.

간수 사내도 어차피 무림맹 내 속해 있는 무사들 중 한 명으로 동심회를 지지하는 상태.

홍개의 부탁에 일단 만나게는 해주었으나 타 문파의 눈에 띄어 좋을 건 없었으니까.

"무림맹에서 곧, 회의가 소집될 게다. 너무 놀라지 말고 겁먹지 말고…… 기다려라. 진호야 이 사부가, 이 사부가 목숨을 걸고서라도 널 구해줄 게다."

혈사방 무사들이 죄인을 내어놓으라 소란을 피운다는 얘기는 일부러 하지 않는다.

목영만큼 무공이 강하지도 않고 청운자만큼 깔끔하거나 내세울 게 많지도 않은…… 그나마 옛날엔 스스로 좀 멋지고 잘난 줄 알아 으쓱거렸을 때도 있었으나 진유청에게 깨지고 나서 알고 보니 무공이나 약간 쓸 줄 아는 그냥 거지였던, 홍개 자신.

그래도 제자 사랑은 절대 다른 이에게 뒤지지 않았다.

표현은 다 하지 못했지만. 아니, 반의반도 보여주지 못한 것 같지만.

"난 널 믿는다."

사부의 말에 마진호의 어깨가 부르르 떨리고 그의 발치로 뚝, 뚝 물방울이 연이어 떨어졌다.

땅을 파고 지하에 만들어진 뇌옥은 냉기가 심해 걱정이 된 홍개가 제 겉옷을 벗어 꾸역꾸역 쇠창살 안으로 밀어넣는 걸 본 청운자가 인상을 찌푸리더니 결국 제 옷을 벗어 주었다.

"그게 옷인가, 누더기인가."

제 역할을 하지 못할 만큼 오래 입은 덕에 닳고 닳아

더는 따뜻하지 않을 거 같았다.

"아무렴 어떤가. 뭐건 간에 제 값보다 훨씬 비싼 걸 낚아주니 거지 밥그릇만큼이나 귀한 물건일세."

웃음을 흘리는 모양새가 장난기보단 허함이 더 느껴져 청운자가 못마땅해 하면서도 그냥 입을 다물었다.

"무림맹의 힘을 독차지한 줄 알고 날뛰던 동심회의 방자함이 하늘을 찌르더니 결국 이런 사달이 벌어졌습니다."

점창 장로 가경학이 진호철이 있는 쪽을 바라보며 말했다.

"동심회에 대한 개인적인 의견이야 뭐라 하셔도 상관없습니다만, 몇 번이나 말씀드리지 않았습니까. 우리 진호는 결코 그런 일을 저지르지 않았다고 말입니다!"

진호철은 물론이요, 동심회의 그 누구도 마진호가 흉악한 살인을 저질렀을 거라고는 생각하지 않았다.

"이유가 있고 없고가 중요합니까? 우리 모두가 똑똑히 두 눈으로 확인했다는 사실이 중요한 거지요."

가경학은 그동안의 침묵을 몇 배로 갚아주겠다는 듯이 목소리를 키워 강도 높은 비난을 연이어 퍼부었다.

저러기 위해, 그날 순순히 점창의 숙소로 들어가는 문을 내어줬던 게 아닌가 싶을 정도로.

동심회 사람들에겐 이 일에 점창이 연관돼 있을지도 모른다는 심증에 자꾸만 확신이 더해졌다.

"그리고 꼭, 아무 이유가 없다고는 할 수 없지요."

청성의 장로가 가경학에게 동조해 준다.

"대체 무슨 이유가 있다는 겁니까?"

진호철이 어금니를 꽉 깨문 채 묻자 청성의 장로가 대답했다.

"동심회는 유독 끈끈한 관계를 자랑하지 않습니까? 선대는 후대를 제 몸 같이 아끼고, 후대는 선대를 목숨처럼 따르고 공경하니. 얼마 전, 혈사방 소방주가 무림맹에 보냈던 사신이 들고 왔던 서신에 쓰인 내용들이 과히 충격적이지 않았겠습니까?"

"하긴, 혈사방 소방주의 거만함에 우리도 놀라 눈살을 찌푸릴 정도였으니."

분위기를 선동하기 위함인지 중도파 중 청성이 배정받은 자리 어딘가에서 들으라는 듯이 굵은 목소리가 툭 튀어나왔고.

"맞아. 선대를 향한 모욕이 저가 당한 것보다 더 화가 났을 수도 있지."

자기에게 주제를 투영해 청성의 장로가 한 얘기에 대해 어느 정도 수긍하는 이들도 늘어났다.

자기들에게 유리하게 상황이 흐르자 소현당 당주 기덕

진이 때를 놓치지 않고 주장했다.

"우리 혈사방을 무시하는 게 아니라면 당장 죄인을 내놓으시기 바랍니다."

"안 됩니다! 아직 확실한 건 아무것도 없습니다."

진호철의 단호한 거절에도 기덕진은 요지부동. 뜻을 거두지 않는다.

"저 별거 아닌 놈 하나 때문에, 무림 전쟁이 일어나도 괜찮으시다는 겁니까?"

무림 전쟁(武林 戰爭)!

대회의장에 모인 이들의 면면이 하얗게 질린다.

"별거 아니라니, 내 제자가 어째서 별 게 아니란 게야!"

홍개가 제 가슴을 주먹으로 탕탕 내려치며 분을 참지 못하고 외쳤지만……

"살인죄를 저지른 이도 제자라고 감싸 안고 놓아주질 않는 걸 보면 동심회의 결속력이 딱히 긍정적인 것만은 아닌 거 같습니다."

가경학의 조소를 면치 못했다. 그런 가경학을 힐끔 곁눈질한 기덕진이 싸늘한 목소리로 쐐기를 박았다.

아직 어리고 무공도 잘 모르던 소방주가 살해당했다.

이건 뒤에 어떤 음모가 숨어 있건 간에 보여지는 상황 내에선 혈사방에 마음이 쏠릴 수밖에 없었다.

"예상치 못했던 변고가 일어났으니 최대한 빨리 죄인을 끌고 돌아가지 않으면, 방주님을 뵐 낯이 없습니다."

기덕진이 눈가를 파르르 떤다.

지시받은 대로 상황이 진행되지 않으면 아마 돌아가 얼굴을 처 들기도 전에 뒤통수를 짓밟혀 바닥에 뭉개질 터이니 그냥 해보는 이야긴 아니었다.

"죄인을 혈사방에 인도하십시오. 그것이 동심회가 그토록 부르짖던 정의이자 순리 아닙니까? 아니면 설마, 고매한 개방의 장로가 거둔 제자라 하여 죄를 부정하고 싸고 도시려는 겁니까!"

누군가의 외침을 기점으로 대회의장이 후끈 달아오르려는 순간.

"억울한 죄를 뒤집어쓰고 다치는 이가 없어야 한다는 것도 우리의 정의입니다. 그게 개방의 제자이든 무림맹 하급 무사의 자식이든…… 똑같습니다."

다르지 않다.

그 말이 주는 무게가 이토록 무겁고 진중한 것은 그걸 입 밖에 낸 이가 철면검객 진이현이기 때문이리라.

기덕진은 진이현이 나서자마자 그에게 이목이 쏠리며 분위기가 달라지는 걸 느끼고 재빠르게 입을 열었다.

소방주에 대한 동정과 혈사방주 이두원에 대한 공포를 적절히 섞은 협박이다.

"명백한 진실 앞에서도 벗겨야 할 의혹이 있다라……
뭐, 좋습니다. 하나 이렇게 어영부영 시간을 보내다 소방
주님의 시신에 문제가 생겨 후에 돌아갔을 때 조카의 마
지막 가는 모습마저 편치 않음에 더욱 진노하신 방주님의
노기가 어디로 향할지에 대해선, 짚고 넘어가셔야 할 겁
니다."

"그 얘기는 즉, 시신이 썩지 않고 잘 보존되기만 하면,
시간을 더 주시겠다는 겁니까?"

갑자기 불쑥, 또랑하면서도 어딘가 낯익은 목소리 하나
가 두 사람 사이의 대화에 끼어들었다.

"그건……."

"그렇지요? 하긴. 혈사방주 정도 되시는 분이 눈에 보
이는 상황만으로 범인을 판단해 아무나 데려왔다고 하면,
그거야말로 정말 화를 내실 일이지요. 안 그래요?"

"그게……."

기덕진이 고개를 저으며 입을 열려 했지만 또다시 단박
에 막혔다.

"압니다, 알아요. 저도 어리고 약한 혈사방 소방주가
그런 슬픈 일을 당해 너무 마음이 아프고 가슴이 찢어집
니다. 무림맹 내에서 그런 일이 벌어졌다는 걸 믿고 싶지
도 않고요. 그러니 걱정 마십시오. 우리 모두가 한마음이
돼 진범을 찾기 위해 노력할 테니까요. 만약 정말 진호가

범인이라면, 우리도 제대로·된 죗값을 치르는데 반대하지 않을 테니 걱정 안 하셔도 됩니다."

진유청은 저를 죽일 듯 노려보는 기덕진의 시선을 가벼이 무시해 주며 제 할 말을 끝까지 다했다.

"유청아!"

녀석의 등장에 얼굴이 환해진 진호철이 아들의 이름을 부르지만, 여기서 가장 기뻐한 건 바로.

"왜 이제 오니? 응? 유청아……. 내가 얼마나 서럽고…… 진호가 뇌옥에서……. 크흑……."

홍개였다.

진유청이 누구인가. 홍개에겐 만병통치약으로, 뜻해서 이루지 못한 게 없는 소신선인 것이다.

그가 짓무른 눈가를 또다시 붉히며 유청에게 고자질을 했다.

동심회 회주의 개망나니 둘째 아들이 숨겨진 실력자였다는 것에 대해 모르는 이가 이제 무림맹엔 없지만 그렇다고 개방의 장로씩이나 되는 이가 저런 어이없는 모습으로 설움을 토해내며 의지할 정도라고는…… 글쎄?

"아이구, 우리 거지 할아버지. 안 본 사이 확 늙으셨네. 누가 우리 할아버지를 이렇게 속상하게 했어요?"

물론, 당사자인 유청도 당황스럽긴 마찬가지였으나 그간 홍개의 마음고생이 느껴져 그냥 토닥거리며 홍개를 달랬다.

"갔던 일은 어찌 됐느냐?"

진이현이 동생을 꼼꼼히 살피고는 다친 데가 없는 걸 확인한 뒤에야 입을 연다.

간단한 질문인데도 무림보다는 황궁에 치중됐던 일이고, 이런저런 사달 또한 적지 않게 일어난지라 쉬이 대답하기가 어려웠다.

"너무 기니까 나중에 얘기할게요, 형님. 일단 저거부터 처리하고요."

유청이 턱으로 자신을 죽일 듯 노려보는 기덕진을 가리켰다.

졸지에 저거, 가 된 기덕진의 두 눈에서 불길이 솟구친다.

"우리는 오늘의 일은 절대 잊지 않을 것입니다."

"호오. 저희돈데요."

유청이 맞받아쳤다.

둘이 같은 이야길 나누나 담긴 뜻은 완전히 상반된 상황.

"우선, 소방주의 시신부터 옮겨야겠습니다. 무림맹에서 가장 공기가 찬 곳이 어디이지요?"

기덕진과 말싸움으로 더 이상 심력을 소모할 생각이 없었던 진유청이 회의를 주도하기 시작했다.

진유청의 물음에 옆에 있던 홍개가 대답했다.

"뇌옥이 엄청 춥더구나."

"그럼 뇌옥에서도 가장 서늘한 곳을 골라 잘 정리한 다음 냉기를 품고 있어 한 여름에도 품에 넣고 있으면 몸을 차게 유지해 주는 효능이 있다는 빙옥(氷玉)으로 만든 침상을 놓고 거기에 혈사방 소방주를 모시도록 합시다. 장소가 조금 그렇긴 해도 그만한 물건에다 최대한 정중히 예의를 다 하면 혈사방 분들께서도 문제 삼진 않을 것입니다."

하지만, 문제가 있었으니.

"빙옥으로 만든 침상이라니. 그런 호화로운 물건을 대체 어디서 갑자기 구한단 말이냐?"

진호철이 난감한 어조로 말했다.

동심회 전체를 탈탈 털어도 빙옥으로 만든 침상은커녕, 일반 옥으로 방석 한 장 만들어 보려 해도 부족할 판에.

"잘 찾아보면 있을 겁니다. 남궁 대공자의 처소라든지 아니면 청성 삼장로님의 처소라든지. 어쩌면 점창 장문인께서 쓰셨던 집무실에도 침상은 아니지만 빙옥을 세공해 만든 바둑판 같은 건 아주 큰 게 있을 거 같은데."

"그걸 어찌 아느냐?"

과거 언젠가, 옥으로 만든 물건이 한참 입소문을 탔던 적이 있었다. 성질이 맑고 깨끗한 옥 위에서 내공을 운기하거나 명상에 잠기면 도움이 많이 된다 해 너도 나도 사들였고.

꼭 집어 입에 담은 이름들은 옥으로 만든 물건이 인기 있자 남들과 같은 걸 쓰는 게 마음에 들지 않았는지 구하기 어려운 최고급 옥으로 알려진 북해산 빙옥을 사들여 세공했다고 과거의 어느 날, 남궁혁이 얘기한 적이 있었다.

진유청은 그 어마어마한 가격을 듣고 숨이 넘어갈 뻔했었는데, 만약 그들이 이번에도 과거와 같이 사치스럽고 남을 돌봄보다 제 몸 귀한 걸 먼저 챙긴다면 혹시나 있지 않을까 한 거다.

"에이, 아버지도 참. 알긴 누가 알아요. 제 말 못 들으셨어요? 있을 수도 있을 거 같다 했지, 언제 있다고 했나요."

진유청이 어깨를 으쓱거리지만, 없는 걸 있다고 할 녀석이 아니지 않은가.

좌중의 시선이 녀석의 입에서 거론된 이름과 연관된 자들에게로 이리저리 움직였다.

턱 끝을 약간 치켜든 진유청이 가경학을 바라보며 단도직입적으로 묻는다.

"가 장로님, 언젠가 장문인과 두 분이서 함께 옥으로 된 바둑판으로 바둑을 두신 적이 진정 없으십니까?"

"진 공자가 말한 것과 비슷한 걸 보긴 했습니다만, 아직까지 거기에 놓여 있는지는 모르겠습니다."

장문인의 집무실에 놓인 장식장과 벽 사이의 틈 속에.

없다고 했다간 당장 가서 같이 확인해 보자 들이밀고도 남을 진유청을 알기에 가경학이 이를 득득 갈면서도 어쩔 수 없이 실토했다.

대체 어떻게 안 걸까?

가경학은 진유청이 없었던 방금 전의 무림맹이 뼈에 사무치도록 그리워질 때.

"아마 가 장로님께서 머릿속에 그리신 거기에 분명 있을 테니 걱정 마십시오. 이렇듯 가 장로님과 다른 분들의 협조 덕에 시간을 조금은 벌 수 있게 됐으니 감사드립니다."

"잠깐! 우리는 아무런 허락도 한 적이 없습니다만!"

기덕진이 정색을 했다. 이렇게 스리슬쩍 불쑥 튀어나온 천둥벌거숭이 같은 녀석의 농간질에 놀아나 무림맹에 휘둘릴 수는 없었던 것이다.

이것은 기덕진에게도 목숨과 앞날이 걸린 중차대한 문제였다.

물론, 그렇기에 진유청은 더더욱이나 놓아줄 마음이 없는 거고.

저 아저씬 진유청에게 찍혀도 완전히 찍힌 것.

콰앙!

진유청이 발을 크게 굴러 대회의장을 울렸다.

"우리야말로 당신들이 무림맹을 떠나도 된다고 허락한 적이 없습니다! 여기에 어떤 음모가 있고, 그걸 파헤쳐야 한다면 현장에 있던 모두가 범인이고 이로 인해 무언가 얻을 수 있는 모두를 의심해야 합니다. 귀방 소방주의 죽음을 깊이 애도하는 마음으로 더욱 철저히 파헤칠 것이니 염려하지 마십시오! 여기에 반론을 더 하시려면 그때는 혈사방 소방주가 왜 자기를 지키는 호위 분들을 피해 도망을 치려했었는지에 대해 얘기를 나누게 될 겁니다."

소방주의 방에서 그의 옷가지를 걸치고 죽은 채 발견된 하녀와 그 하녀의 복장을 입고서 다른 데서 죽어 있던 소방주 이원형.

바로 그림이 그려지지 않는가?

맑은 눈으로 저를 직시하며 또박또박 입을 놀리는 진유청으로 인해 기덕진이 이를 악물었다.

혈사방의 소현당 당주 기덕진이, 말로 전해 들었을 땐 조소를 부르지만 직접 겪으면 그 진가를 알 수 있게 된다는 동심회주의 둘째 아들을 대면한 결과는…… 역시나.

아씨, 또 나한테 반했나 봐.

벌써 몇 명째야?

죄 많은 남자, 진유청이 슬쩍 고개를 돌려 그를 외면

했다.

눈에서 정말 불이라도 뿜을 것처럼 뜨겁게 자신을 바라보는 기덕진의 시선이 너무 노골적이었으니까.

"결론이 대충 난 거 같으니 오늘은 회의를 이만 마무리하는 게 좋지 않겠습니까? 홍개 어르신께 들은 대로라면, 진호가 약을 먹고 잠들었다 했으니 그것에 대한 조사와 그 아이가 사용한 단검의 출처를 찾아 내일부터는 직접 움직여 봐야 할 거 같습니다."

각자 조사를 한 다음 보고할 게 생기면 그때 다시 회의를 열면 되리라.

누가 진유청 형 아니랄까 봐 진이현이 제 마음대로 상황을 정리해 버린다.

한창 기세를 겨루고 있을 때 난입해 판도를 바꾼 진유청 때문에 적들이 잠시 넋을 놓은 덕분이었다.

짝, 짝!

진유청이 두 손바닥을 세게 마주쳐 소리를 내서 주의를 환기시켰다.

"뭣들 하세요? 회의 끝났는데."

그 말을 끝으로 진유청이 쪼로록 아버지와 형님에게 다가갔다.

"이 녀석아. 이 아비가 걱정을 얼마나 했는지 아느냐?"

진호철이 남의 이목 따윈 상관하지 않고 작은 아들을

품에 꼭 안았다.

"켁!"

"그러니까 연락 정도는 꼬박 꼬박 하고 다녀야지. 안 그러냐, 아들아?"

"이거 안 놔주시면 다음엔 연락을 하고 싶어도 할 수 없게 될지 몰라요, 아버지."

얼굴이 새빨개진 유청이 불쌍한 목소리로 말하자 진호철이 피식 웃으며 두 팔로 감싸 안았던 아들을 놓아 주었다.

"할 얘기가 아주 많겠구나."

매서운 눈매가 누그러져 흐릿하게 온기가 감도는 진이현이 인사를 할 차례.

"아, 그전에……."

진유청이 말끝을 흐리자 단번에 녀석의 속을 읽은 두 사람이 고개를 끄덕였다.

"그래, 먼저 혈사방 소방주의 시신을 뇌옥에 안치하고 진호를 만나보는 게 순서이겠구나."

"네."

진유청이 한층 가라앉은 얼굴로 대답했다.

혈사방 소방주 이원형, 그는 왜 운명의 굴레에서 벗어나지 못하고 이전과 같은 죽음을 맞이했을까?

한 번 자신의 손에 죽었던 이를 다시 애도하러 가는 자리가 진유청으로선 불편하고 어려웠지만 피하진 않았다.

청성과 점창의 협조 덕에 남궁 대공자 남궁민에게까진 순번이 가지 않아 다행이라면 다행.

천하의 남궁민에게 네 침상을 내놓으라고 태연히 말을 건넬 수 있는 이는 아마 전 무림에 딱 두 사람 뿐으로. 진 가장의 두 형제밖에 없을 터.

한데 남궁민이 저 두 놈을 죽일 수 있다면 대공자 자리도 포기할 수 있을지 모른다고 할 정도로 원한이 뼈에 사무친 이들도 바로 그 둘이었으니.

얼굴을 마주 보는 순간 무슨 일이 벌어질지 모르게 될 테니까.

진유청이 이원형의 몸에 묻은 피를 닦아주고, 굳어 버린 사지로 인해 갈아입히기 어려워진 의복 대신 비단 천으로 몸을 싸주며 말했다.

"당장 소방주의 시신을 갖고 혈사방에 돌아가야 한다고 난리를 쳤던 거에 비하면…… 별로 신경 안 쓰는 거 같은데요?"

그토록 소중한 소방주라면 어찌 죽었다 하여 저리 방치해 놨다가 툭 던져 줄 수 있을까.

하녀들이나 입는 여자 옷에 헝클어진 머리카락이 그대로 피에 엉겨 붙어 있었다.

"그러게 말이다. 그리고…… 이만 됐으니 너는 물러나 있어라. 무섭지도 않느냐?"

"무섭기는요. 죽은 아이가 뭐 무서워요. 불쌍하지."

진호철과 동심회 어르신들이 진유청을 물끄러미 본다.

저와 상관도 없는 아이를 어찌 저리 애달프게 바라보며 챙겨줄까 싶은 게 달리 소신선이 아니라 생각한 거다.

"다 됐습니다."

구부정하게 굳은 자세 때문에 빙옥 침상 위에 바둑판을 올려 옆으로 비스듬히 기댄 듯 뉘여 놓자 겨우 안정감이 생겼다.

이원형을 물끄러미 바라보던 진유청이 손을 합장하고 머릴 숙여 보인 뒤, 이번엔 뇌옥 입구 쪽 감방에 갇혀 있는 마진호에게로 갔다.

"유청아……."

마진호가 두 팔을 벌린 채 다가와 쇠창살에 이마를 갖다 대자 유청이 녀석의 검지를 날카롭게 접어서.

따악!

"허억!"

어찌나 아팠는지 눈앞에서 별을 본 마진호가 입을 쩍 벌렸다.

"너, 내가 뭐랬어?"

"유청아, 진호가 잘못한 건 맞지만……."

"잘못한 게 맞는데, 왜요?"

"그, 그건 그렇지. 잘못한 게 맞으니 좀 맞긴 해야지."

홍개가 두 눈 질끈 감고 물러섰다. 내 새끼, 내 제자 진호야.

내가 너를 위해서라면 이길 수 없다손 치더라도 세상 전부와도 싸워줄 수 있지만…… 유청이랑은 아니다.

쟤는 니가 맡으려무나.

홍개의 외면 속에 진유청의 추궁이 이어졌다.

"진호 너. 내가 아무리 맛있는 거 준다고 해도 아무나 따라가는 거 아니라고 했냐, 안 했냐!"

"……했어."

"근데 왜 따라갔어?"

"갚을 빚이 있다고 하기에 유청이 네가 뭔가 도와준 적이 있는 줄 알았지."

아마도 그게 가끔 까먹을 수도 있는 은혜가 아니라 말 그대로, 빚. 잊지 않고 꼭 갚아야 할 원한이었던 게지.

"찬찬히, 아무리 소소한 거라도 나눴던 대화 한 글자라도 빼먹지 말고 얘기해 봐. 이따가 무진이한테도 물어서 듣고 맞춰볼 테니까."

유청의 말에 진호가 이마를 문지르며 그날의 일을 세세히 얘기했다.

"나도 유청이 너처럼 누군가를 도와줄 수 있을지 알았어……."

안 그래도 음침한 녀석이 눈가가 땅에 닿도록 축 처져서 울먹이는 모양새를 보니 유청의 속에서 불이 났다.

진유청은 어떻게든 마진호를 구해낼 것이다.

주색잡기에 열중하다 자신의 등 처먹고 급사하는 과거를 가졌던 진호를 위해 어렸을 적부터 불경 외우기부터 여러 가지 방법으로 갱생을 시도했었는데.

그 결과가 혈사방 소방주를 죽이는, 진유청 자신의 업을 대신 뒤집어쓰는 거라니. 이걸 어찌 받아들일 수 있겠나.

"가슴 펴. 너 나 믿지? 내가 누구냐, 응?"

진유청이 방금 마진호가 이마를 대었던 쇠창살 부근에 제 머리를 갖다댄다.

마진호가 손을 들어 올려 진유청의 머리를 쓰다듬었다.

"응, 믿어. 믿어, 대장."

실제로 마진호는 제 목숨보다 더 자신의 대장인 진유청을 믿고 따랐다. 만약 유청을 위해서였다면 그런 흉악한 짓도 정말 저질러 버렸을지도 모를 만큼.

"이가연합은 뒤통수치려다 지네가 맞고 근신 중이다 혈사방의 장보도 얘기에 기가 좀 산 상태고. 인의회는 점창만 명맥을 유지하고 있으나 거의 멸문 지경에 이른 중에, 중도파는 반 정도만 우리 편, 우리는 혈사방 소방주 살해 사건 때문에 제대로 목소릴 내기 어려운 상태……인 거네요?"

헉헉.

숨차다. 하노가 대충 그간의 일을 정리한 거라며 가는 동안 읽어보라 준 서찰은 제법 유용했고 대부분 맞았다.

대체 이놈의 무림맹은 정말 잘라도 끊어도 꿈틀거리는 도마뱀 꼬리처럼 질겼다.

"그래. 처음에 명분이라며 내걸었던 장보도 이야기는 어느새 쏙 들어가고 혈사방 소방주의 일만 수면 위로 떠올라 무림을 발칵 뒤집고 있다."

진호철이 혀를 차며 대답했다.

먼저 온 것도 저들이고 시비를 건 것도 저들인데. 문제가 생기니 책임은 모두 동심회의 것이 됐다.

혈사방이 노린 건 무림맹이 아니라, 동심회 단 하나였던 것!

당연한 것이 현재 무림맹을 지탱하는 온전한 힘은 동심회뿐이므로 자신들을 무너트리면 무림맹도 끝장인 판에, 아군이랍시고 같은 무림맹에 속해 있는 세력들과 사이가 극히 나쁘니 얼마나 찔러 보기 좋았겠나.

"혈사방이…… 직접 나서려고 하는 거네요. 제갈세가에

은근히 힘을 실어주고 그들로 하여금 반동심회 세력들을 규합해 음모를 짜게 해서 소방주를 죽여 우리에게 올가미를 씌우고 압박을 가해 세를 줄어들게 하려는 겁니다."

"혈사방은 우릴 무너트린 뒤 모래성이 된 무림맹을 부숴 무림일통을 할 작정인 건가."

청기자의 말에 유청이 고갤 저었다.

드디어 모두 말해줄 때가 됐다.

연이 상단에서 시작 돼 진명회로 끝날 황제의 무림말살 대계를.

"그들은 천하를 제 주인에게 바치기 위해 수작을 부리고 있는 겁니다. 동심회가 실각한 뒤, 무림맹이 유명무실해지면 혈사방은 불귀곡에 보물이 쌓여 있다 소문을 내어 무림인들을 유혹할 것이고…… 아무도 그걸 말릴 수 없을 거예요. 아니, 오히려 동심회가 없는 무림맹이라면 자기들이 더 나서서 보물을 차지하기 위해 욕심을 부릴지도 모르지요."

"주인이라니? 그리고 불귀곡에 보물이 있단 걸 알면 자기네가 찾으러 가면 되지 왜 무림인들을 꼬드겨 가게 하려 하겠느냐?"

상개가 봉두난발한 머릴 긁적거리며 의아한 듯 되물었다.

"그건 말입니다……."

불귀곡엔 보물을 찾으려는 자를 시험하는 잔혹한 기관 장치가 숨어 있어 안에 들어간 이들은 떼죽음을 당하게 될 터.

밖에선 서로 자기가 먼저 들어가 보물을 차지하겠다며 다투고 안에선 시험에 당해 죽고.

나중엔 갑작스런 폭발로 인해……

후우.

오죽했으면, 불귀곡 혈겁이란 이름만 나와도 무림인들은 물론 백성들까지 진저리를 치며 그때 넘쳐흐른 피로 인해 불귀곡 인근 흙을 발끝으로 꾹 누르면 지면에서 핏물이 배어 나온다고 했을 정도.

그 사건으로 무림이 쇠퇴일로를 겪고 무림인들은 꿈과 희망을 잃은 채 배회하게 됐으니.

그럼에도 진유청은 지금껏 자신이 익힌 불귀곡 비급으로 인해 불귀곡의 존재가 가짜 일 리 없지 않나 생각해 왔는데…… 이번 북경행에서 장보도를 만든 이가 황제란 걸 알게 되니 어쩔 수 없이 인정해야 했다.

받아들이고 나니 사고의 흐름이 막힘없이 원활해져 인과가 환하게 눈앞에 그려졌다.

"지금부터 잘 들으셔야 합니다. 제가 이번에 황궁에 가서 알게 된 사실이 있습니다."

진유청이 진지한 어조로 입을 연다.

오늘 밤은 시간이 참 더디게 가리라 생각하면서.

그의 이야기가 이어질수록 동심회 수뇌부의 낯빛이 파리하게 질려갔다.

가장 깊은 곳에 어둡게 도사리고 있던 진실이 세상 가장 밝은 곳에서 낱낱이 까발려지는 순간이었다.

第十章

악취!

"그놈. 그 어린놈은 왜 또 이런 때에 나타나 우리의 계획에 초를 칠까?"

제갈건이 분한지 쉬이 흥분을 가라앉히지 못했다.

하정기가 가져온 소식은 그만큼이나 그를 격동시킨 것이다.

"혈사방 소방주를 죽인 건 너무 시기상조가 아니었나 싶습니다."

"누가 물었나?"

"예?"

"누가 네 의견을 물었냐 이 말이네."

제갈건의 눈이 새파랗게 빛나자 하정기가 털썩 무릎을

꿇은 채 이마를 바닥에 댔다.

"죄, 죄송합니다! 걱정된 마음에 그만."

"아랫사람은 윗사람이 시키는 대로 잘하면 칭찬받는 게야. 좋은 의견이 있어도 자기가 그 윗사람이 되기 전까지는 입에 물고만 있어야 하지. 벌리는 순간 놓쳐서 땅에 떨어져 쓰레기가 될 테니까. 아니면, 윗사람을 이겨 먹고 내 뜻대로 움직이게 하는 방법을…… 알게 해줄까?"

"아닙니다, 소가주님. 그런 건 모, 모르고 싶습니다."

알아도 감당할 능력이 없다는 뜻이리라.

"됐으니 일어나라."

제갈건이 손을 내젓자 하정기가 눈치를 살피며 조심스레 몸을 세운 다음 구석에 대기한 채 서 있었다.

제갈건은 머리가 복잡했다.

불귀곡 장보도가 주목받은 상황이니 미리 언질을 주었던 반(反)동심회 세력과 협의해 동심회와 대립하는 정도가 아니라 아예 이번 기회에 동심회를 다시 한 번 공략할 기회로 삼은 것이……

묘하게 어긋난 것.

"일이 너무 커지면 안 되는데."

그냥 범인을 내어 주고 동심회의 힘을 대폭 축소하는 선에서 마무리 지어지는 게 적절하지. 그 이상은 자신들도 곤란했다.

자칫 잘못했다간 빼도 박도 못하고 혈사방에 살점을 내어 주게 될지도 모르니까.

"그건 안 돼지, 절대."

어떻게 얻은 기회인데.

만약 일이 거기까지 짓쳐 들게 되면, 혈사방에서 자신들의 사정을 봐줄 리 만무하지 않은가.

아예 손을 잡고 움직인 거라면 서로 합의점을 찾을 수 있겠지만…… 혈사방과 반(反)동심회는 그렇게 짜고 일을 벌인 게 아니었으니까.

그저, 그들이 원하는 게 동심회의 실각이었고 자신들이 원하는 것도 같았을 뿐.

혈사방과 손잡는 순간, 쌓아온 모든 게 무너져 내릴 텐데 무림맹의 누가 그런 짓을 할까.

그럴 바에야 차라리 봉문을 선언한 뒤 문을 걸어 잠그고 안으로 들어가 다음 기회를 노리는 게 낫다.

혈사방과 자신들은 물과 기름으로 절대 섞일 수 없는 사이였으니까.

하니, 슬쩍 옆으로 미는 척하다 바닥에 떨어트린 걸 줍는 대신 뒤에 오는 이의 얼굴을 확인하고, 다음에 지나가던 이가 앞선 이의 얼굴을 보고 아래 떨어진 걸 줍는 건…… 그냥 이심전심(以心傳心)이지.

그게 어찌 짜고 벌이는 음모이자 계략이라 할 수 있겠나?

쥐도 못 먹는 놈이 있는 반면, 자신은 그렇지 않았을 뿐이다.

이번 일로 뒤늦게 깨달은 건데, 어쩌면 장보도 해석에 도움을 준 정체불명의 무리들도 혈사방이 아니었을까 싶은 게.

제갈건은 장보도가 가짜인지에 대한 고민을 하기 시작했다.

아니라면 굳이 발견되게 한 다음 해석 못하는 이들에게 도움을 주고 그걸 빌미로 힘을 모을 여지까지 퍼줄 리가 없지 않은가.

당연히 뭔가, 시키먼 속내가 따로 있으니 그랬겠지.

제갈건의 머릿속이 어지러이 움직인다. 그러다가,

"점창과 청성의 분들을 좀 만나야겠군."

계속 하정기를 통해 이야기가 오고 가니 제 의사를 온전히 다 전하기에 무리가 있는 듯했다.

까마득한 아랫것 앞에선, 그들도 원하는 걸 명확히 밝히기 곤란한 면이 없지 않아 있었을 테고.

"아무리 경계가 심하지 않다고 해도, 여기로 모시고 오는 건 무리입니다."

"내가 나가면 되지 않나. 자네는 그들에게 의사를 묻고

답을 받아오면 되네."

"……알겠습니다."

하정기가 대답하자 제갈건이 흡족한 듯 고개를 끄덕였다.

"제갈 소가주가 그랬다고?"

"네. 청성과 중도파의 다른 분들께도 알릴 예정이니 따로 이야기를 나누신 후, 장소를 정해 저를 찾아주십시오."

그러면 하정기가 제갈건에게 결과에 대해 알리리라.

말을 끝마친 하정기가 누가 볼까 두려운지 얼굴을 가린 채로 얼른 점창의 숙소를 나섰다.

"사부님."

어느새 다가와 있던 사도친이 가경학을 부른다.

자신의 사부는 원래 신분이 낮은 이와는 말도 섞는 법이 없던 사람이었는데. 이젠 저런 자까지 끼어 큰일을 도모하고 있다.

"점창의 위세가 전과 같지 않음이 실감나느냐?"

"……네."

"장문인께서 그런 짓을 벌이고 사라지셨을 땐 눈앞이 캄캄했는데 그나마 진이 네가 정신을 차리고 내 곁을 지키며 일을 도와주니 숨통이 트이는구나."

"제가 당연히 해야 할 일입니다."

이전의 잘나고 바른, 어디서든 자랑하고픈 제자 사도진으로 돌아온 게 맞는 듯.

그의 말에 가경학이 흐릿하게 입꼬리를 말아올렸다.

그때.

"그래도 사부님. 이렇게까지 해야 하는 겁니까?"

혈사방 소방주라고 하나 아직 소년티도 다 벗지 못했던 이의 가슴팍을 예리한 비수로 헤집으면서까지?

"자리가 문제다. 감당도 하지 못할 자리에 앉아서는 안 되지."

"원해서 된 게 아니라 했습니다."

"후회되느냐?"

후회되냐는 물음이 너무 새삼스러워 사도진이 입을 다문다.

"모든 게 점창을 위해서다."

장문인이 연이 상단과 손잡고 이익을 위해 정도를 버리고 지름길을 택하셨던 것도. 점창의 장로인 자신이 복면을 쓰고 화산의 장문인을 습격하고, 하나뿐인 제자가 생사불명인데도 불구하고 뒤에 남겨둔 채 반대쪽으로 걸어야 했던 것도.

개인보다 중요한 단체를 위해.

희생 없이는 움직일 수 없는 거대한 수레바퀴를 핏물로 미끄러트려 굴린다.

"점창을 위해, 입니까?"

"그래. 개인의 안위(安慰)와 영달(榮達) 따위가 무슨 소용이랴. 오래도록 누대에 걸쳐 이어 내려갈 역사와 전통! 우리가 이뤄내고 지키는 우리의 문파! 점창이다. 바로 점창! 점창이 나의 이름을 대신하고 내가 점창의 이름을 대신하니, 망설일 게 무엇이더냐. 그토록 찬란하던 점창이 진창에 처박혀 흐느끼고 있으니 어서 꺼내주어야지. 빨리 바로 해 원래 있던 곳으로 갈 수 있게 해주어야지."

사도진은 자신만큼이나 마음이 부서져 있던 사부를 봤다.

사부 또한 장문인이 사라진 다음부터 오히려 열을 내며 주위를 돌보기 시작했는데. 그게 어쩌면 사도진 자신이 정신을 차린 듯 보이는 것과 같은 이유일지도 모른다는 게 웃겼다.

우리는 미친 거다.

신념을 저버린 순간부터, 내 안엔 내가 없었다.

점창을 위한다는 사명감 하나로 자위하며 버티려 했지만 아뿔싸. 점창의 최정점에서 누구보다 점창을 사랑한다고 외치던 장문인이 자신들을 배신했으니.

모든 게 우스워졌다. 그래서 과연 어디까지 흘러가는지 제 눈으로 확인하기 위해 방문을 나선 참.

사부는 반대로 더욱 점창의 이름에 집착하며 물불 가리

지 않게 됐는데, 그게 오히려 자기를 완전히 포기해 버렸기 때문인 듯했으니 어찌 사도진 자신과 다르다 할 수 있을까.

"동심회의 둘째가 찾아와 장문인의 처소를 보게 해달라고 청해왔습니다."

점창의 제자 하나가 다가와 아뢴다.

"그래? 보고 싶다면 보여주어야지."

숨기면 말만 더 많아질 터.

가경학이 허락하자 제자가 허리를 굽혀 인사를 하더니 종종걸음으로 사라졌다.

"너와는 학관 때부터 인연이 있으니 네가 가보아라. 그럴 일은 없겠지만, 혹시 문제가 생긴다면 모두 혈사방 쪽으로 떠넘겨야 하니 마음의 준비도 해두고."

"알겠습니다. 점창을 위해서입니다."

사도진이 건조한 목소리로 뇌까리자 가경학이 눈에 힘을 주었다.

"여긴가."

진유청이 사건이 일어난 방을 둘러봤다.

옆엔 시무룩한 얼굴의 무진이 함께였다.

"너 계속 그러고 있을래?"

"나도 잘못한 거고, 내가 지켜주기로 하고 못 지켜준

건데 진호만 고생을 하니까 속상해……."

"그럼 니가 진호인 척하고 뇌옥에 갇혀 있던지."

"우웅. 그, 그래도 될까?"

고개를 갸웃거리는 무진의 노란 닭 알같이 맨들거리는 머리통 위를 두 손으로 덮은 진유청이 진심으로 깊은 한숨을 쉬었다.

……그게 고민할 거리가 되긴 하는 거냐?

누가 무진이 널 보고 진호라고 속아주겠니, 응?

"빨리 진짜 범인을 잡는 게 진호를 위하는 길이야. 무진이 니 생각엔 니가 감옥에 있고 진호가 나랑 범인 잡으러 다니는 게 낫겠어, 아니면 그 반대가 낫겠어?"

"으응. 아무래도 진호보단 내가 낫긴 하지? 히잇."

미안, 진호야.

진유청은 오늘 진호에게 안 된 소리 여러 번 한다 생각하며 고갤 설레설레 흔들더니 오늘의 일에 열중하기로 한다.

"그러니까 여기서 호리병에 든 물과 음식을 먹다가 정신을 잃었는데 깨보니 저편에 있었다는 거지?"

"이 탁자 때문에 기억나. 혈사방 소방주가 자긴 입맛이 없다면서 한쪽에 쭈그리고 앉아 있었고. 나와 진호는 탁자를 가운데 놓고 마주 본 채로 갖다준 걸 위에 펼쳐 놓고 먹었거든."

"이 탁자 챙겨서 형님께 갖다드려. 무진이 너라면 분명 먹다가 흘리거나 쓰러질 때 쏟았을 게 분명하니 어떤 성분의 약을 쓴 건지 확인할 때 도움이 되겠지."

"알았어."

무진이 탁자를 달랑 들어 머리에 얹고 유청이 계속 방을 서성일 때 밖에서 인기척이 느껴졌다.

"들어와."

유청이 제 방이라도 되는 듯 상대를 청한다.

"누군데?"

"사도진."

유청의 대답이 끝나기 무섭게 문이 열리고 정말 사도진이 모습을 드러냈다.

"어떻게 알았어?"

기운을 읽는 거야 무진도 할 수 있는 거지만 그게 누구의 건지 맞추는 건, 글쎄……

웬만큼 익숙하거나 친하지 않으면 어려운 건데. 유청이 너, 쟤랑 친해?

무진이 의아한 시선으로 바라보자 진유청이 별거 아니라는 듯이 말한다.

"범인은 범행을 저지른 자리로 돌아오기 마련이거든."

당연한 거다. 누가 자기가 범죄를 저지른 곳을 들쑤시며 뭔가를 찾은 듯 행동하면 지레 찔려서 자기가 실수한 건 없는지 확인하기 위해 얼굴을 드러내지.

"내가 범인이라 확신하고 있나 보군."

"범인에는 주범과 공범이 있는데, 아직 사도진 네가 어느 쪽인지는 알 수 없지만 둘 중 하나라는 데에는 무진이를 걸 수도 있다."

하여튼, 주위에 있는 거 아무거나 제 마음대로 갖다 거는 버릇은 여전하시고.

"그럼 난 아니라는 데 뭘 걸어야 하지?"

사도진이 진짜 그딴 내기를 할 요량으로 말을 꺼낸 건 아니다. 단순히 이야기가 나왔으니 건조하게나마 대화를 이어 가기 위한 수단으로 사용했을 뿐.

한데.

"네 양심."

진유청이 너무 정공법으로 맞받아쳤다.

"양심이라. 없는 걸 내기에 걸 수는 없는 노릇이라. 아무래도 성립이 안 되겠군."

진유청은 물론 무진도 깜짝 놀랐다.

간접적으로 범행을 시인하는 꼴이 아닌가?

"사도진, 너!"

"왜?"

금방 입을 다물고 아무 일도 없었던 것처럼 구는 모양새가 정상으론 보이지 않았다.

이대론 캐물어도 대답해 주지 않겠지. 그러니,

"안설희는 여전해?"

"뭐?"

뜬금없이 튀어나온 이름에 사도진은 조금 놀랐다.

"어렸을 적 너만 졸졸 따라다니던 예쁘장한 꼬마 아가
씨 말이야."

"아직도 그 이름을 기억해?"

안설희와 진유청 사이에 특별한 접점이라도 있었나 싶
지만⋯⋯ 사도진의 기억엔 전혀 없었다.

안설희는 사도진 없이는 아무것도 하지 않는 아이였고,
진유청은 학관의 유명인이자 난봉꾼으로 사도진과는 한
번 틀어진 이후 다시는 사이가 좁혀지지 않았으니까.

"기억하다마다. 난 네가 그 아가씨랑 잘될 줄 알았는
데."

과거의 기억대로라면 안설희는 진유청을 거절하고 사도
진과 맺어져 행복해했으니까.

"⋯⋯잘되다니 그럴 만한 사이는 아니었던 거 같은데.
그녀와는 내가 학관 외의 일을 맡아 만날 기회가 줄어들
면서 자연스럽게 헤어져서 그 뒤론 보지 못했다."

"그랬군."

진유청은 나직하게 중얼거린다.

사도진은 행복해지기 위해 얻어야 할 것들 중 몇 개를

잃어버렸다. 그리해 이번 생애에선 저렇게 힘들어 하는 모양.

"뭘 위해서 다시 일어선 거냐?"

"점창."

"그게 다냐?"

"남은 게 그것밖에 없거든."

버릇처럼, 모든 건 점창을 위해서라 흐릿하게 이어 붙이는 사도진.

"그렇다면 이래선 안 되잖아. 남은 건 그것뿐이라면서 왜 이렇게 멍청하게 구냐. 동심회가 없으면 무림맹도 없고. 그렇게 되면 천하는 혈사방의 것이 돼."

"단일 문파로 혈사방이 무림 최강의 세력을 갖고 있는 것도 맞고. 무림맹이 정파 무림의 중심인 것도 맞지만…… 무림맹이 없다 해서 정파 무림이 쓰러진다는 건 성급한 판단이다. 무림맹에 각 문파의 수뇌부들이 자리하고 있고 그들과 그들이 가져와 쌓아놓은 재화가 엄청나겠지만 그렇다고 각 문파나 세가의 본거지가 허술한 건 아니니."

무림맹이 없어져도 각 문파나 세가의 본거지에 있는 인력과 재화로 각자를 보호하던지 무림맹과 다른 성격의 단체를 새로이 만들 수 있다는 뜻.

"혈사방에서 그걸 그냥 두고 보아줄 거라 여기냐?"

"상방 출신 진유청, 참 많이 컸구나. 네 입에서 무림의 평화와 안위를 걱정하는 말이 나오다니."

"난 원래도 많이 컸었는데 너희가 몰라봤던 거다."

맞다. 별거 아닌 놈이라 여겼는데.

몰라본 건 하방 출신의 자신들이 맞고. 알아본 건 나채환이나 정한수, 권오현 등.

출신과 상관없이 사람을 대했던 녀석들.

사도진의 눈빛이 흐릿하게 일렁인다.

"실수는 누구나 할 수 있어. 하지만 그 후 어떻게 대처하느냐에 따라 자기가 앞으로 살아갈 삶이 달라지는 거다. 너는 어때, 사도진?"

진유청이 그를 직시했다.

"늦었다."

"안 늦었어. 네가 뒤처졌다 여기는 만큼, 내가 도와줄게."

"네가?"

사도진이 미간을 찌푸린다.

진유청이 자신을 돕는다, 라. 이보다 웃긴 이야기가 또 있을까?

"뭐든, 해줄게. 너는 점창을 위해서 희생하라고 말하는 윗사람이 되지 않으면 되잖아. 신념을 버리게 하고 거짓을 입에 담고 진실에서 눈 돌리게 하지 말고…… 무엇보다 사부가 제자를 모르는 척하는 그런 상황 따윈 만들지 않아도 되게. 처음부터 다시 시작해. 만약!"

"만약?"

"네가…… 혈사방 소방주의 가슴에 검을 꽂은 게 아니라면."

세상엔 용서받을 수 있는 죄도 있고, 그렇지 않은 실수도 있다.

사도진이 이원형을 죽였다면 그건 용서받을 수 없는 죄이자, 용서를 바랄 수 없는 실수가 된다.

잘못했다는 사과만으로 죽은 이가 돌아올 순 없고, 진실된 후회의 눈물이라 해도 다른 사람에게 낸 상처를 흔적 없이 지울 수는 없는 게 아닌가.

누군가는 제 혈육을 죽인 자를 받아들일 수 있을지도 모르지만…… 진유청은 아니다.

자신의 혈육에게 해를 끼친 이를 용서할 아량도 없을뿐더러, 자신과 연고가 없던 이원형의 죽음에 범인을 대신 용서해 줄 자격도 없었다.

누가 감히 그럴 수 있을까?

"그럼 누가 날 구원해 주지."

"너 자신. 네가 만약 그 일을 저질렀다면 처음으로 돌아갈 순 없다. 그러니 이 순간부터 너는 그냥 살아. 후회하고 또 후회하면서. 그리고 너와 같은 이가 다신 나오지 않도록 이번에야말로 희생하면서 점창을 가꿔라."

"하하하하! 하하하하!"

사도진이 허리를 반으로 접으며 웃었다.

진유청에게 사람 웃기는 재주가 있을 줄이야.

한참 웃던 사도진이 얼굴을 들고 그에게 말했다.

"네 그런 말에 감동해서 내가 넘어갈 줄 안 건 아니겠지? 용서해 달라고 참회하고 나 자신을 되돌아보며 죄를 빌 거라고 말이야."

"아닌 건 어쩔 수 없는데, 널 어쩌면 좋냐."

그토록 찬란했던 사도진이 완전히 망가졌다.

"그건 내가 정해. 확인할 거 다 했으면 가봐라."

사도진이 진유청과 무진에게서 봄을 돌려 장문인의 처소를 나섰다.

등에 와 박히는 따가운 시선은 완전히 무시해 버린 채로.

"어어?"

진유청이 눈을 깜빡였다.

사도진을 만나고 돌아오는 데 동심회 숙소 앞마당에 익숙한 얼굴들이 앉아서 손을 흔들고 있었다.

아버지와 이현 형님, 머릴 싸매고 드러누웠다가 진유청이 자기만 믿으라 얘기하자 벌떡 일어난 마가장의 장주

마봉구까지.

"와서 한잔하여라."

아버지가 따라주시는 잔을 넙죽 받아 한입에 털어 넣으니.

"캬아!"

좋구나, 좋아!

빈 잔을 채워주니 또 홀랑 마셔 버리는 진유청.

"욘석이 어디서 술을 배웠을꼬?"

진호철이 아들의 잔에 술병 주둥이를 기울이며 의아해했다. 천지를 제 안방마냥 돌아다니며 사고를 치느라 술마실 틈도 없었을 거 같은데.

"이런 건 안 배워도 자연스럽게 되는 겁니다."

본능적으로다가!

이쁜 아가씨 보면 몸이 배배 꼬이고 침부터 흐르는 것처럼!

물론, 진유청은 아주 더럽게 한 번, 선행(先行)한 경험이 있긴 했지만 말이다.

진호철이 아들의 말에 눈이 커졌다가 이내 껄껄 웃으며 고갤 끄덕였다. 호탕한 진유청의 모습에서 하남성 호랑이인 자신을 발견했다고 할까?

진호철이 아들과 잠깐 이야기를 나눈 뒤 어르신들을 상대하자 진이현이 동생에게 다가왔다.

"혼자 참 많이도 무거웠었겠구나."

그 밤의 이야기로 인해 다들 힘들어했다. 그리고 이제야 툭툭 털고 다시 원래의 동심회로 돌아갈 수 있었다.

한데 그런 것을 동생은 얼마나 오래전부터 혼자 가슴에 품고 끙끙거린 걸까?

"아닙니다. 아는 게 있어 차라리 다행이라 생각했습니다. 소중한 사람들을 지킬 수 있게 미리 대비할 수 있을 테니까요."

"그래, 가장 어려운 걸 유청이 네가 했으니 이제 나머지는 내가 하도록 하마."

"같이요. 같이해요."

동생의 대답에 진이현의 눈빛이 따뜻해졌다.

"이현이 넌 열여덟이나 먹은 녀석이 아직도 그리 귀엽냐?"

불쑥 튀어나온 오자경이 진이현의 머리꼭지 위에 턱을 얹은 채로 혀를 찼다.

"말은 많이 안 하는 게 좋겠다."

싸늘한 목소리가 아래서 들려오자 왜? 하고 물어보려던 오자경은 갑자기 아래로 쑥 내려갔다가 위로 튕겨 오르는 진이현의 머리로 인해 기겁을 하며 뒤로 나자빠졌다.

"이, 이 자식!"

혀를 내밀고 있었으면 잘렸을지도 모른다!

뭐 이런 살벌한 놈이 다 있어!

"그러게 왜 이현이한테 장난질이야."

장웅이 조금 고소했는지 옆에서 거들자 엉덩이에 묻은 흙을 툭툭 털며 일어난 오자경이 고운 얼굴에 화사한 미소를 가득 지었다.

"그러게 말이다, 이 곰 새끼야. 내 전용 곰 새끼를 두고 내가 왜 저 얼음덩이한테 가서 뭉갰을까. 그치? 그치?"

오자경과 장웅이 끼어드니 진이현의 주위가 금방 소란스러워졌다. 곰 새끼 잡으려다 얼음덩이 위로 엎어지는 바람에 술잔을 엎어 버린 오자경의 공이 가장 컸으니.

저 두 사람이 없었으면 아무리 진유청이 있다 해도 진이현이 저렇듯 밝게 웃을 수는 없었을…… 으음.

우리 이현 형님, 웃고 계신 거 맞지?

흐릿하게 말려 올라간 입매는 미소를 짓고 있는 게 맞다 알려주지만 허리춤에 있는 검을 향해 움직이는 손은……

"자경이 형, 도망쳐요. 얼른!"

진유청이 손을 흔들며 넌지시 찔러주자 허걱, 하고 숨을 들이마신 오자경이 냅다 반대로 뛰었고. 장웅은 잠시나마 오자경에게 들볶이지 않고 진이현과 함께 조용히 술 마실 시간을 얻는다.

"너도 이리 와서 한잔하여라."

진이현이 동생에게 한 잔 따라주려는데 상방 오호와 학관의 식솔들이 다가왔다.

"인사 좀 하고요."

"그래."

진이현이 어디서나 인기가 많은 동생을 알기에 한 번 가면 여기저기서 붙잡혀 못 올 거라고 생각하면서도 보내준다.

꼭 동생과 술을 마시고 싶어서가 아니라 그냥 동생이 돌아왔다는 걸 느끼고 싶었던 것이니 멀찍이서 바라보고만 있어도 좋았던 거다.

"느끼해. 얼음덩이 주제에."

예상보다 일찍 돌아온 오자경이 깐족거리지만 않았어도 고즈넉한 시간이 됐을지도.

채앵!

진이현이 검을 뽑아 들었고. 장웅이 한숨을 내쉬며 먹을거리와 술병들을 잡히는 대로 들고 따라나선다.

"저쪽 공터에 가서 너흰 싸우고 난 먹고. 좋지?"

사람들 많은 데서 이러면 실례인 만큼 장소 지정까지 깔끔하게 하는 장웅이었다.

셋이 사라진 빈자리에 진유청과 상방 오호 친구들이 앉았다.

"유청 형님, 상방 오호엔 왜 안 들르십니까?"

"어, 영이야. 잘 지냈냐? 난 정신이 너무 없어서 생각도 못했다."

"새 기숙사생을 들여보냈으면 잘 지내나 아직까지 살아있나 확인은 해보셔야지요."

남궁혁을 가리켜 하는 말인 듯.

"바로 저기 보이는데, 뭐. 아무래도 두 질문 다 통과인거 같은데?"

이런 데 올 남궁혁이 아닌데, 시큰둥한 얼굴이긴 해도 권오현 옆에 얌전히 앉아 있는 것 좀 봐라.

저 맹수조련사, 벌써 두 마리째네.

왼쪽엔 제갈영, 오른쪽엔 남궁혁.

어찌 보면 권오현, 저 녀석이 제일 무섭다니까?

자신의 배때기 쑤신 놈 둘을 저리 거둬 달고 다니다니, 말이다.

진유청이 몸을 부르르 떨 때.

"뭘 봐?"

남궁혁이 당장 눈 안 깔 거냐는 듯이 친절하게 뱉어낸 말에 진유청이 정신을 차렸다.

변화하고 바뀌어도 여전히 진유청 자신과는 상성이 안맞는 듯.

"잘 지냈냐?"

그래도 사람이 인사를 던졌는데 바로 고개를 휙 돌려 버리는 건 어느 동네 예의야?

제길.

"남궁혁, 너. 옛날에 사도진하고 친했지?"

"……우리가 친했던가?"

"아냐? 난 너희 친구 사이인 줄 알았는데."

게다가, 우리라니. 그렇게 자연스럽게 한 묶음으로 생각되는 관계면 당연히 친구 아닌가?

"됐고. 그건 왜 묻는 거냐?"

"니 친구면 좀 말리던지, 아니면 잡아다 상방 오호에 처넣고 가둬 놓던……지는 안 되겠구나. 우리 오현이 얼마나 고생하겠어."

진유청은 권오현이 살기 뿜어내는 걸 처음으로 봤기에 얼른 말을 바꿨다.

하긴 세 마리는 아무리 특급 맹수조련사인 우리 오현이라도 좀 무리일지도.

좌우로 한 마리씩이야 이미 길들여놓아 어쩔 수 없는 거라 쳐도, 등 뒤는 조심해야 하는 게 좋을 테니.

"혈사방 소방주 살해 사건 때문인가?"

"응. 사도진, 위험해. 근데 나로는 안 돼서. 혹시나 싶어서 말해본 거다."

"잘못 짚었다. 그 녀석과 나는 아무 사이도 아니니까."

"그렇군."

다시 떠올려 보니 남궁혁과 사도진이 딱히 친근한 사이는 아니었던 것도 같고.

근데 너랑 나랑도 이렇게 마주 앉아 이야기 나눌 사이가 아니긴 한데…… 뭐, 됐다.

그러려니 하자.

"이레야. 남은 날짜."

그래도 혹시 몰라 진유청이 여지를 둔다.

"나한테 그런 거 얘기해도 되나?"

"왜? 너희 형이랑 형수에게 일러바치게?"

진유청이 묻자 남궁혁이 인상을 쓰더니 코웃음을 쳤다.

"헛소리! 내가 왜?"

"것 봐. 그럼 됐잖아."

진유청이 어깨를 으쓱거린다.

"유청 형님, 그래도 그런 정보는 조심하셔야지요! 남궁 공자는 저리 말하면서도 이미 밀고를 한 전적이 있는 사람입니다!"

제갈영이 더 펄펄 뛰고 난리다.

애야. 직접적으로 나서지 않는 남궁세가와는 달리 너희 가문은 아주 대놓고 면전에서 우릴 엿 먹이려고 하는 판에…….

그래도 진유청은 제갈세가를 언급하는 대신, 왜 이렇게

쨍쨍대냐고 시끄럽다며 쥐어박는 걸로 끝냈다.

권오현이 잘했다는 듯 작게 웃어 준다.

도마뱀이 자꾸 꼬리를 자르고 도망간다면?

꼬리가 아닌 몸통을 잡으면 되지. 한데, 몸통을 잡았는데도 또 미끄러져 나가 못된 짓을 꾸민다면?

그때는 도마뱀의 몇 배나 되는 크기의 무겁고 큰 돌을 냅다 던져 맞출 거다.

파르르 몸을 떨며 움직이던 도마뱀이 납작해져 지면 위에 말라붙겠지.

그럼 남은 것은 청소뿐.

"근데 유청아, 이레째 되는 날 뭐가 있어?"

아까 들었던 이야기의 나머지가 궁금했던 모양.

"응. 이레 후 큰일이 있어."

갑자기 주위가 고요해진다.

"큰일? 무슨 큰일?"

권오현이 의아해하며 묻자 진유청이 대답했다.

"대청소."

"그게 큰일이야? 난 우리 방, 이삼 일에 한 번씩은 꼬박꼬박 대청소 하는데."

칫, 하고 권오현이 대수롭지 않게 받아쳤지만.

"무림맹 전체를 대청소할 거야."

구석구석 깨끗이.

이어진 진유청의 말엔 안색이 조금 변했다.

"무림맹 전체를?"

권오현의 머릿속에 빗자루와 흰 천을 든 무인들이 무림맹 전체를 헤집고 다니는 게 그려졌다. 아무래도 이 정도 규모를 대청소하려면 총관부 사람들과 허드렛일을 돕는 일꾼들만으론 엄두도 못 낼 테니까.

권오현이 입을 쩍 벌린 채 생각에 잠기자 진유청이 손으로 녀석의 얼굴을 슥 훑어 내렸다.

이래서 오현이가 좋다니까.

진유청은 녀석의 상상이 눈에 빤히 들어왔다.

"입 다물어라, 벌레 들어가겠다."

"어엉. 대, 대청소 나도 도울게. 동심회 숙소도 일전의 일 때문에 보수하고 나서 아직 정리가 덜 됐으니까."

"아니야, 괜찮아."

"도울 수 있는 건 도와야지. 내가 무공은 좀 딸려도 청소는 엄청 잘해."

그래서 안 된다.

이번 대청소는 무공을 아주 잘하는 사람들만 뽑아서 특별히 할 거거든.

진유청의 과거 인생에 있어서 가장 커다란 흔적을 남겼던 두 가지가 진가장 혈사와 불귀곡 혈겁이었다.

지금, 그 둘 모두가 본격적으로 수면 위로 올라온 상태.

황궁과 연관된 진명회가 혈사방의 배후에 있음을 확인했으니, 망설일 게 무어 있으랴.

그동안 많이도 봐줬지만, 때가 됐다.

하나가 되지 않을 거라면 피를 보더라도 가지를 쳐내야 할 시기가.

드디어, 음모 속에 피어난 광포한 소용돌이가 서서히 그 위용을 드러내고 있었다.

〈『귀환! 진유청!』 제15권에서 계속〉

귀환! 진유청!

1판 1쇄 찍음 2012년 12월 6일
1판 1쇄 펴냄 2012년 12월 10일

지은이 | 로　토
펴낸이 | 정　필
펴낸곳 | 도서출판 **뿔미디어**

편집장 | 이재권
기획 · 편집 | 심재영
편집디자인 | 이진선
관리, 영업 | 김기환, 임순옥

출판등록 | 2002년 9월 11일 (제1081-1-132호)
주소 | 부천시 원미구 상3동 533-3 아트프라자 503호 (우)420-861
전화 | 032)651-6513 / 팩스 032)651-6094
E-mail | bbulmedia@hanmail.net

값 8,000원

ISBN 978-89-6775-002-2 04810
ISBN 978-89-6359-513-9 04810 (세트)

※파본은 구입하신 서점에서 교환하여 드립니다.

첩혈신룡

도검 신무협 장편 소설

噪血神龍

『철혈마룡』, 『전륜마룡』의 작가, 도검!
그가 새로운 이야기로 돌아왔다!

운명과 숙명이 부딪치고, 신념과 의지가 격돌하여
피가 마를 새도 없이 흐르고 또 흐르니 첩혈(喋血)이요,
잠룡들이 난립하는 어지러운 세상에 영호들을 이끌고
난세를 평정하니 신룡(神龍)이라.

범잡이 집안의 후예, 소무열.
신룡의 운명을 타고 났으나
천명은 아직 그를 부르지 않으니,
잠룡이 웅비하는 혼탁한 난세에 스스로 천문을 열고
세상 밖으로 뛰쳐나가는데……

"난 소무열이다.
지금부터 피의 길을 마다하지 않을 것이다."

금강무종(金剛武宗)을 향한 소무열의 거침없는 행보.
지금 이 순간, 무림 천하를 떨쳐 울릴
무열제(武烈帝)의 신화가 시작된다.